台北風化

性產業的第二人稱敘事

前言

一、創作理念：

「風化」一詞本身有兩種涵義，其一，指物理學上的物體風化，物體與自然空氣接觸風蝕，最終分解為細小的土石沙礫。其二，即是社會所指稱的「風化產業」，廣義上進行性交易的相關產業。一座城市的風化，往往從最不易為人所見的角落開始，這些性工作者的命運、產業型態，也常受到忽視，她們是這座城市的一部分，卻也是最不起眼的一部分，在沒有明確法令的保障下，日復一日地被磨損虛耗，最後從這座城市的暗角被解離，化為細小的微塵砂粒，風吹四散，無處依託。因此本項計畫的「風化」，將物理上的風化之意，借用為這座城市風化產業之風化，以第一、二人稱視角的敘述形式，將這些不為人所見的產業書寫出來，使讀者能對從事相關性工作產業之人，有更多的理解、包容與辨識。

二、創作計畫簡述：

本項創作計畫共分五輯，分別敘述臺北地區，現代盛行的五種風化產業，以各種不同風化產業的型態，揭示從事性工作者、輔助產業鏈者、消費者的心理狀態。風化產業中的故事，應該被敘述紀錄，並以故事化的形式呈現，不該只是存在研究論文裡的一則資料，她們也是這座城市的一道記憶，只是進入書寫者視野的可能性相對小，然而這些工作者和消費者的生命，都自有其價值。

本寫作計畫共分為十五篇散文，十五種屬於臺北風化產業的當下現況。全書分為五輯，分別是：第一輯：一半的愛情、第二輯：解渴的宅急便、第三輯：巷弄裡的飛翔、第四輯：兩小時的歸人、第五輯：糖醃的豆干。每篇文章約四千五百餘字到六千五百餘字，完稿後共約五萬餘字的作品，將個人生命故事，與臺北土地、風化產業型態、生命記憶相互結合。以下就分別介紹各輯各篇的寫作方向及特徵。

輯一、半套店：一半的愛情，本輯主要描寫從事半套店的工作者，這類產業的招牌，多以養生館按摩業為主，工作者大部分不接全套，以半套服務居多，因此本輯主要寫作者在其中經歷的故事記憶。內容共有三篇文章，分別是〈養生主〉，寫養生館除了養足自身的慾望之外，對性工作者來說，更是養活一家大小之生。〈兩千里的夢〉則撰寫來自四川的二十二歲女孩，原先從事直銷行業，後輾轉流離到了臺灣，從事了養生館的工作，但她的生活裡還有理想。〈毒素終結者〉即寫養生館中，會有按摩技術高明的工作者，其賣點往往不是性，而是一套嫻熟高明的按摩技術，且其自有其身體理論，她將人欲視為毒素，在按摩過程中慾望的「排毒」，也是一個重要的環節。

輯二、外送茶：解渴的宅急便，本輯主要以現代通訊產業，為商業渠道的性工作產業，總稱為「茶莊」工作者，本輯就書寫該產業鏈中的三個部分。〈茶裏王〉寫負責PO文、修圖的小弟，〈白馬非馬〉寫專門接送小姐的馬伕心境，〈我只是水〉寫外國入境後，從事性工作的小姐，以及其受人擺布的無奈命運。

輯三、流鶯：巷弄裡的飛翔，內容以萬華地區傳統的性工作者為主，主要是俗稱的「流鶯」，今多躲藏於巷弄之中，〈牆壁裡的巨人〉寫年近八十的老流鶯，依然日日在西昌街一帶站街之事，其身佝僂，但其精神卻宛如巨人般強大。〈跳舞的池中人〉則寫一名舞蹈老師，後來轉向，長年從事性工作，與龍山寺噴水池一帶之間的關係。〈沒有車的停車場〉揭祕萬華地區神祕的停車場，平日不會有車子停入，入夜後性工作者與消費者，在此地區聚集的故事。

輯四、個工：兩小時的歸人，書寫風化產業中風險最高的一群人，本國與外籍皆有之。本輯三篇連貫，以同一工作者、同一消費者的愛情故事貫串，敘述這項產業從初始到告終的完整型態。〈東方裡的西方〉即為個工傳遞訊息的管道，主要寫某個以歐洲國家命名的網路論壇，個工在其中發布營業，消費者亦在其中進行評價、打分數、訊息交換等事務的論壇。〈燕去燕返〉，則寫個工個人經營的困境，以其與客戶之間的感情為主。〈新年快樂〉，則寫該個工為外國人，不擅長本國語言，在歷經生活的苦難後，想向故鄉的家人傳達自己過得很好，一方面卻又充滿無奈與感傷。

輯五、豆干厝：糖醃的豆干，寫較早一段時間，三重一帶尚未被拆除私娼寮。〈春捲的臉書〉以性工作者下班後的日常，其實與你我無異，透過進入其心理狀態的描繪，昭示性工作者本身的日常性。〈花嫁了那女孩〉則寫私娼寮中一位嫁給刺青師傅的女子，後來離婚，需要獨力撫養兩名小孩的故事。〈說英文的老師〉講述一位想當英文老師的工作者，如何在工作之餘努力精進英文能力，以及與私娼寮工作之間的拉扯。

輯一、半套店：一半的愛情

〈養生主〉

「緣督以為經，可以保身，可以全生，可以養親，可以盡年。」——《莊子．養生主》

在臺北，夜晚像一股黑黝黝的空氣，把白日裡淡灰色的天光寸寸抹去，迎面而來的車，漸有幾臺打了燈，若從高空俯瞰，不久後，那該是一條行進的光流。下班的車潮輪胎滾動，更像是標示時間的齒輪，把人傾軋於其中，一格格往夜晚裡頭絞進去。人們在這座城市裡行進著，日復一日，像壓進齒輪裡的口香糖，拉得扁平狹長，日子從甜到淡到無味。你走在路上，街面車潮如水，漸與夜晚融為一體，拍打侵蝕著這座城市。你是人海裡的一滴浮沫，龐大深黑的海水壓下，所有白日裡的緊張日常，到了此時，都只吐為海面上的一顆泡。

終於天暗下，燈亮起，多日來，你都在一家養生館前走來晃去，店招牌以紫色為底，粉紅色為字，寫著「玉顏養生館」，延邊角框上一列閃爍的五色燈，暗著的天更襯起亮著的燈。店門以落地窗為牆，上半透明，大公無私，中下半則霧面處理，雖然透光，但只能依稀看個模糊的影。店從外邊看起來，裡頭空間不大，從街道上就能看到店內，按摩的床位之間只以布簾相隔，沒有輕夾板圍起的城闕，只遮不擋，彷彿告訴人們，我們這裡不做黑的，一切開誠布公，健康經營。

「反正只是來按摩。」你這樣想。

你第一次來，心底怯怯然，連續幾日把視線往裡頭探了幾次，一半透明，一半霧面的景，終是見不到真實。於是你終於鼓起勇氣，手底還發著燙汗，握上冷冷的金屬門把，從外往內一推，把日常生活推出一道裂縫，如溫熱新生的蛋殼，終於裂出了第一道痕跡，「叮噹叮噹」門後的風鈴被門撩動，發出脆響。

對你來說，舊的世界正在蜕去，那脆脆的聲響或許就是，日常碎裂的聲音。

「有預約嗎？」忽然冒出的聲調，像乾枯河流裡石塊碰撞的聲響。伴隨聲音，迎面走來一位年約五十的女子，上眼瞼厚抹一線，眉睫是夾過的上捲型，眼皮煽起時都像湧動的浪。肩窄腳窄，身體的中圍卻充了氣的隆起，套了一件長型連身衣，繃起的每一寸肉身，都像是遇熱消軟融解的欲望，使你更加確定，「我只是來按摩」這件事情。

「沒有預約。」你回答得毫無懸念。心底卻很害怕，怕眼前這位女子，就是你未來一個半小時的按摩師，此時你的心臟，跳動得比她的聲音更乾燥。

「三號，有客人！」那女子往裡頭喊了一聲，這才從布幕後走出另一個女子，年約三十，身形瘦小，因為較為年輕，妝容扮得剛好，只是兩頰有些瘦，一雙唇畫得忒紅，紮馬尾，著一身黑色短裙小禮服，從肩到袖，從大腿至小腿，都是半透的紗，從黑絲裡融出微微的肉色，束緊的衣物正貼襯著腰身，從頭至腳，那些衣物都被她徹底馴服。「她可以嗎？」，較老的那位女子，用同樣乾乾的聲音問了你，你點點頭，「可以」聲音裡那條乾枯的河流，又重新流動起來了。

「跟著我，這邊。」三號這麼說。

可以看見其他拉起的布簾，底下有其他人的腳，玄關鞋櫃也擺了好幾雙男人換下的鞋子，你穿著店內的拖鞋，跟著三號，一路走過一格格布簾，每一床都僅用簾幕相隔，靠得再近一些，都能聽見簾後的呼息。三號帶著你來到最後一格，示意你先換衣服，將捲成一捲的黑色紙內褲遞給你，「換好躺著。」換好後，按摩床的上部開了一個洞，你將頭臉放入，趴睡般的把自己平鋪在床上，這姿勢正壓得陰莖微微充血發脹。

三號隨後進來，倒了些油在你背上。

三號的指腹是溫的，倒上的油是滑膩的，掌指的勁道在你背上一層層滑開，繞著脊柱旁的兩側長筋上下施勁，肩後的穴道都給按了開來。邊按著，三號說：「我叫小舞，跳舞的舞，你第一次來呀？」。「對啊，是第一次來」，與隔壁床只隔一張布簾，你還是有點放不開，畢竟一說話，周遭幾床可都聽得一清二楚。但小舞似乎已很習慣這樣的環境，有一搭沒一搭的聊著，話題都順著筋絡發展下去，你第一次被這樣按著，身體還不適應這樣的按法，難免哀疼幾聲：「痛！」「不通則痛，通則不痛，你多忍耐一下就不痛了。」小舞說。

小舞的手帶來痛覺，卻也帶來嫩透的滑潤感，你將雙手放置在按摩床旁的兩側，小舞的大腿不時游移滑過你的手背，觸感像絲綢柔順，每一接觸，都是打在心海上的閃電，瞬亮而漸暗。小舞一面將手按至大腿內側，她說：「這裡的筋膜需要開展，若按開了，治療失眠特別有效」一面說起自己曾經結過婚，知道男人要什麼，一邊按，一邊將手掌五指爪成指尖，順著雙腿撫觸下來，一陣又一陣。

陰莖脹起，卻又壓在床板與身體之間，慾望被擠壓變形，進不了，退不得，正從龜頭處滲漏出一些前列腺液。

「你翻過來躺。」小舞小聲地說。

你將下身微微抬起，尷尬的翻過身來躺。即使燈光是昏暗的，你還是不敢直視小舞，只敢將眼神望向一旁布簾的角。黑色的三角紙內褲也被撐起，不合身的左右端隆起了透風的窟窿，涼意竄入熱燙的根部。小舞將手往內部探入，油嫩的虎口將陰莖包覆起來，掌心底部正觸著柔軟的陰囊，輕輕上下套弄，一面將身體向你傾過來，抹得艷紅的脣，微微透著香暖的熱氣，在你耳邊說：「要不要加錢，按摩這裡？」

任何人到了這個時候，都會說一聲：「好」。

你平躺在按摩床上，沒了壓迫，陰莖飽脹的更為硬挺，慾望直立袒露在兩人面前，那更像是一條大橋，交流起此刻你與小舞之間的關係，小舞一手握著陰莖上下緩緩套弄，一面將自己靠往你的上身，從紅脣裡伸出小巧的舌，長蛇嘶嘶吐信，舌尖快速上下舔起你的乳頭，長髮綁起的馬尾底端，輕輕搔弄著你裸著的膚觸。都說十指連心，心是慾，肉體是筆直剛硬的橋，十指為槳，划過橋面下的蜃白之海，慾望在此時，也只是從此岸到彼岸的渡筏。

心跳一震，船在碼頭靠岸，精液噴濺了出來，散成點點繁星，落在你和小舞的身上。「我幫你擦乾淨。」小舞順手拿起一旁的毛巾，將蜃白的星座抹去。疲軟卻仍帶點硬度的陰莖，上頭還殘留滑溜的油，與體液混在一起，都說與人相處需要多點圓滑，原來圓滑是為了包裝乾淨的慾望，噴發後，濺在手裡還怕弄髒了身。

那是你新世界的第一站，在日常裡，你鄉戀著她的手，她的舌，她靠在你身上的重量，彷彿那就是，你揹上了這趟旅行的行囊，一切都準備好了。

一次一千三百元，比你在網路上看到其他店家的資訊還要便宜，雖然店內設施簡陋，但你的慾望更簡陋，只是希望有人躺著你，舔著你，握著你，不放開。每次來，你總指名找小舞，電話先預約，從一開始的毫無頭緒，到看店的五十歲女人對你熟門熟路，甚至偶爾聊上幾句，彼此知道對方買的是什麼，賣的又是什麼，沒什麼不好，也沒有不對，我們只是交換彼此的所愛。

隨著你去的次數漸多，小舞每每看你都笑開了眼，你也掌握了店內客人較少的時刻，你喜歡多跟小舞聊天，有人際，有交誼，有交換生活的日常，最後以慾望結尾，理智告終，這多麼像一段關係的起始與終末，每一次來回，就一次生滅。

幾次聊天，小舞說起自己的命遇。她說自己出生在大陸四川，很早就結了婚，嫁到臺灣來，對象是比她長三十歲的男人。彼時她才二十多，那男人卻是已近花甲之年，將籌了一段時間的薪水都拿來結婚，買了她的人生。沒多久就生下一名小孩，但男人很快就面臨退休的問題，攢來的錢不夠養家活口，逼著小舞出去尋工作，而自己卻日日慵懶在家。原來男人打的算盤是，在退休前娶一個年輕的老婆，讓自己退休後，家裡還能有年輕力壯的資源繼續勞動，加上自己退休的勞保，以及年輕人力的賺入金額，應可以保住後半輩子無虞，還能為自己生下子嗣，就連自己年老照護的規劃也想好了，他娶走小舞的愛情，娶走小舞的人生，一紙結婚證書更像是勞動契約，白頭偕老，或病或死，永不分離。

但他沒料到的是，只憑初來臺灣的小舞，根本無法擔起生活的開支。日子演化成小舞在外尋工，丈夫在家賦閒，兩人的關係隨日子逐漸惡化，小舞說她自己當時脾性剛烈，牙一咬，孩子是我的，我也是我自己的，而你歸你，我們歸我們。幾次劇烈的爭吵後，就果決的離了婚。

輾轉流離幾回，人世消磨多見，小舞來到養生館工作，日子才緩緩穩下來。你來此處豢養自己的生慾，她也到此處養一家之生，養生館，不只是餵養生人之慾，更養一家兩口的生計。

「那小孩知道你在這裡上班嗎？」你問。

「知道呀，媽媽是理療按摩師傅，沒什麼好隱藏的罷。」小舞說。

後來幾次按摩中，小舞說孩子剛上國一，對英文一竅不通，問你有沒有推薦的參考書，她好煩惱孩子的前途。你左右尋思，想起自己國中時看過的一本英文文法參考書，內容很精鍊淺顯，但礙於自己英文也不好，直推說自己大概也忘記了有哪本好，憋著沒說出來。等走出館外，才打開手機，迅捷的在網路上下單了一本。

下一次再來，你跟著小舞走到布簾後，衣服未換，身未躺下，就急著打開背包，拿出那本參考書送給小舞，說這本書很淺顯易懂，適合國一學生。小舞瘦瘦的兩頰笑開了肉，一臉飽滿都往兩側擠上。「你人真好。」小舞說，雙手摟上你的脖子，給一個對嘴的輕吻，再將臉靠到你耳邊小聲說：「待會給你點特別的。」

你將衣物脫去躺下，小舞照往常一樣按著，話題繞不開她的女兒，說：「這孩子個性倔強，要給她找家教補習，她還心疼我賺錢不容易，說要自己努力。」

你簡單回應她：「那很有心啊，她至少還想努力。」

小舞說，她女兒總認為她做的是正當行當，偶爾還會來這裡寫作業，有時她在布簾裡面按，女兒就在布簾外邊讀書。她說她希望女兒好好讀書，能夠有比她更好的未來，「你學歷這麼高，有沒有什麼讀書的方法可以分享？」小舞問你。你答不上來，學歷又能換到一個較好的人生嗎？也許是吧？未等你回答，小舞又將話題轉回女兒，話中可以聽見她滿滿的希望，但其實無論學歷高低，在生活面前，你們都只是赤裸裸的人。

你翻身到正面。

小舞去拿了一條濕熱的毛巾，在你的私處反覆擦拭，寒冷的冬天裡，還能看見毛巾上蒸騰的熱氣裊裊，小舞低首細心的清理著陰莖的冠狀溝、繫帶，反覆擦拭幾回，賊賊的看了你一眼，握著你早已勃起的根部，問：「有沒有試過？」說完，一口將你的陰莖含入，順著口腔內左右兩滑溜的內壁，上下吮動了起來，長舌吐信化為一尾真正的蛇，反覆纏繞敏感的龜頭，你想起那座拉奧孔被巨蛇纏身的石像，表情掙扎，嘴微打開，頭頸不自覺仰起，從丹田深處呼出一口熱氣，此時你是拉奧孔，小舞是巨蛇，慾望是巨蛇，噴發出如雕像顏色般一逕的白。

人心不足，多有所慾，是蛇吞象。

離開前，小舞遞給你一顆饅頭，說是在市場排隊買到的，特別好吃，說今天做特別的給你，也送特別的給你。至此你明白，小舞所養的生，就是她心心念念的女兒。你將饅頭收下，心有所感的回家。

入夜了，那底面紫色的招牌又亮起，一列沿邊的燈閃閃爍爍，你又走了進去，這次除了那五十多歲的女人來招呼外，外頭多了一位十二歲的女孩，坐在櫃檯旁的一側，拿著筆和書本，看來正在讀書的樣子。一瞬間，你立刻明白，那應該就是小舞的女兒，見我進來，也一併頗有禮貌的跟我點頭招呼。「還是找小舞嗎？」五十多歲的女人照例問，我有些不好意思，壓低了聲音，偏開了眼神，說聲「對的。」

小舞照例把你領到最後一格，將自己與女兒拉開最長的距離，這一回，小舞很沉默，沒有往日多餘的閒聊，你也是。只剩筋絡與手指，按摩油與肌膚，推不開的痠疼都忍成了悶哼，一段時間後，小舞拍拍你的腳，示意你翻過身來。而慾望卻還是硬挺著，小舞看著你，眼神裡，你知道她顧忌什麼，要說什麼，卻又不知道她要說什麼。

小舞用虎口套住你的陰莖，隨繫帶而牽動的膚觸上下挪移。慾望堅硬如橋，剛直如筆，不知為什麼，昏暗的布簾中，你竟看見小舞眼眶反射著過多的光澤，那是淚嗎？沾滿油，小舞握著陰莖堅硬似鐵，而她的小孩握著筆。她上下套弄著，她的小孩正寫下書卷上的答案。她將你的陰部用熱毛巾擦拭了一遍，她的小孩將原先的答案拭了去。她用口含著你，她的小孩咬著筆身思考問題。她在你的慾望間求生，她希望小孩能有更好的生活，她希望將來小孩握的是筆，不是男人的陰莖。你射精了，她卻正從眼角湊滿一滴淚。

你們都忍著不出聲。

這世界拋出問題，小舞以人生來回答。正如她女兒，艱難地寫下那些難以回答的習題。

結束後，小舞拉開布簾，她不怕我弄髒了她的手口，擦拭過，「唰！」一聲，揭開布簾，小舞走出的身影映入她女兒的眼簾，是驕傲和成就，什麼是髒，什麼是乾淨。為的是保身，是全生，是養親，是盡年，一切都只是再簡單不過的願望，養生之館，裡頭有一個個賣力工作的養生之主，一家之主。

你換好衣物，將錢結算給小舞，對著她坐在櫃檯旁的女兒禮貌的點點頭，但你仍不敢直視她的眼，可還是奉上了一個微笑。那女孩突然說：「客人謝謝，媽媽要我謝謝你，謝謝你送的參考書！」一轉瞬，你笑得更開了一些，你說：「不會不會，別客氣，好好用功啊。」一邊說一邊走到門口，推開門，夜晚的臺北終於被你推裂了一道縫，光從養生館內滲出去，緩緩照亮門前的黑夜，這一次，你從裂開的日常蛋殼裡往外探，從溫熱的內裡伸出目光，對新的世界，正探出了第一眼。

〈兩千里的夢〉

上

「那時你還不知道兩千公里有多遠。」

你只知道，若從租屋處搭上捷運路網，只需要兩公里，就能到網路傳言中的半套店聚集地。此時，整座臺北市如一張攤開的手相圖，掌心紋理四通八達，指甲關節都如閘口，將人流通關運送至下一個目的地。當時的你甫從日常裡推裂了一道縫，對於這座城市的內裡，有了不同的體驗，正似季節交替時的掌心，緩速剝落的皮脂，舊的臺北泡水臃腫浮起，表皮似脫還黏，掐在手裡皺巴巴，硬要撕脫卻還連著根，有些痛，卻已知道，那已不是你真正的皮層。真正的，還在下方，日常洞穿弄破的孔，隱約就能瞧見底面新生的紋，你知道臺北底下，還有另一個臺北。

這兩公里，就是你與慾望之間的距離，更是舊皮與新皮間，稀薄的差距。

無人帶領，就只能按圖索驥。你在網路上找好資訊，通常是藉由論壇中的夜遊討論區，裡面有一整串的行話術語，暗示著地點與店名，小姐年紀、價位、服務方式等。不能說的祕密，都攤在陽光下，螢幕前，不言不語的網頁畫面，宛若佛陀升起手指，豎直於脣前，噓，不可說，卻又什麼都說了。

此中有模模糊糊的真義，你記下訊息，來到萬華按摩店聚集的一處，不同於小舞工作的按摩店，這裡小店多，競爭大，經營不下去的往往被資本更多的人併購，小姐營運撤換過一輪，輸進新的派遣人力，內部整修裝潢，監視體系配置好，上上下下人脈打點，該送錢的送，不送錢的，也得送禮。各路店家彷彿過海的八仙，施展本事，橫越慾海，在各據點的沙洲邊，插上自己的旗，而顧客更像是入水的泥菩薩，一身染汙，在此就要潔淨，就要消融。

融化後，脫去外相，慾望的本質，我們都只是沉底的泥沙。

競爭多，小姐們更是直接站在店門口招搖，抹得一口唇色鮮紅，那是她們給這條街的吻，更似菸頭的稀吐明暗，一邊叫喚著：「帥哥按摩嗎？」、「要按摩嗎？」、「要不要進來看看？」。一雙腿套上暗紗絲襪，丹寧數越低越透，隱約的肉色混合著黑，像將亮未亮的天，日光隱隱然升起，罩在朦朧裡的白光，最是玄祕迷人。一條街，站著的小姐們如一簇簇活珊瑚，通身柔軟，色彩絢麗，款款搖擺著觸手，隨海潮人流湧溢波動。畢竟人世險惡，若你願暫時拋開自己，做一尾迷途之魚，也可以游入這團錦簇中，接受一小時左右的庇護。

你游入其中，小姐們細長的手臂，搭配輕柔的叫喚聲響，一如珊瑚的腔腸軟體，順著海流，將迷途之魚一尾尾攬入。在幾間店家中反覆經行，見不少年紀稍長的人，與小姐看對了眼就走進去，而原先攬客的小姐進去後，則會再換另一位小姐站上門口，等候下一位顧客。你反覆，你焦灼，憂的是不知道該選哪一間，只因小姐們年齡多偏大，聽說話口音也多是陸籍，平均約三十以上，更有甚者，一眼即知是四十近五。

你觀察了一陣，猜測是由招攬客人的小姐，進行看對眼後的服務，由此再替換另一位輪班的小姐上來。若是攬客的小姐一直沒有客人光顧，約十五分鐘後，也會由另一位小姐輪班替上，一區街景，彷彿定時後的旋轉櫥窗，一襲華袍模特轉上，一會轉下，再換上新的一襲。或許，她們以青春肉身為圓心，旋轉著這座城市的風景，每轉一輪，就離圓心更遠，直到時間的離心力，一吋吋將她們的容顏老去，肉身上留下的刻痕，都是以青春沾染，彩繪過城市的痕跡。

從時間的輪替，人員的流動，可以隱約理解到這條街市的基本規律。因此你反覆經行，將店的分布順成一個圓，每踏過一圈，就往向輪迴一次。發現這個街區的性工作者雖然年齡偏大，但對老齡的消費者來說，她們仍是年輕招展的女孩，在身體的肉膚骨節中，圓滿彼此的夢。但那卻不是你要的夢，你要的夢與大部分年輕人相同，是在花下去的一千六百塊中，對姿色、年齡、體態都有所要求。不知走到第幾圈，你終於看見，一幅年輕的容顏站在那裡，一時間，整個宇宙不再是碎散虛無的，而是仍存著一顆蘊有生命的蔚藍行星。

在這裡，人人心底都有一套算法，衡量資本與利益，一剎那，就知道要不要。

從她的方向看，你從不遠處緩緩走來，以她為圓心，為終點，一步步靠近，直到眼神對了上，她開口：「按摩嗎？」你點頭應允，再靠近，還不到貼上呼息的程度，她伸出手，穿過你的臂膀，構成一道扣，將身與身之間鄰成一條線，一股繞在衣著、體膚上的香氣貼上鼻息，一陣暈，輕輕鬆鬆就將你帶了進去。剛走入，越過門口玄關，前半段是正式傳統按摩的床，沒有木門、輕隔間，床與床只以布簾阻擋，見此，你不禁心頭一緊，心想：「不會就是在這按吧？」圈住你的臂膀，或許是感受到微微的阻力，又或是看出了你的初來，女孩稍一回頭，輕輕說：「繼續跟我走。」

走，會走到哪裡去？

你們踏入一條長長的窄道，窄道旁有一處壁凹，凹處陳設了一臺長方直立型的飲水機，步履在此停下，女孩說：「等我一下。」隨即按了藏在凹處的鈕，同時，「恰」一聲，此處無門，卻有門鎖解開的聲音，女孩伸出手輕輕一推，那臺飲水機連同壁凹，頓時成了一道旋轉門，乍然洞開，入眼是一道向下的迴旋樓梯，她領著你進入，螺旋階梯走著，似要下沉，光度銳減，要沉到慾望的最暗處、最底端。地下室裡隔成一格格小套間，裡頭都放一張床，房內各自配有冷氣、電扇、電視，那時你才明白，原來前半段的布簾隔間只是擺設，這裡才是真正的交易處所。

你褪下衣物，換上放在一旁的紙內褲，陰暗的地下室裡，嬰兒油與香水的混合氣味，膩在鼻息裡，悶著燠熱的溫度，只等送風的冷氣吹開一絲清涼。你趴在按摩床上，耳裡聽見女孩將嬰兒油倒在手裡搓揉的聲音，油水被雙手的體溫熱過，才緩緩鋪開，一寸寸按在身上。你心底好奇著她，疑問正隨推開的油水擴大時，女孩卻先問了你：「怎麼會來這裡？我看你滿年輕的。」

「網路上看到訊息，所以想過來按按，而且你也很年輕呀。」你說。

此時，你頭臉向下，安放在按摩床的凹洞裡，看不見對方的表情變化，卻對語氣呼息更為敏銳，更隱約可以看到女孩的一雙腳就在床邊。

「對呀，我叫莫莫，才二十三歲，用依親的名義過來的，可以留的時間比較長。」

埋在按摩床凹洞裡的視角半明半暗，一如當下的對話，雙方互相試探彼此的隱微身世，可其實說穿了，這裡哪有什麼身世？都是要先有了身，才能逐漸建構起彼此的世界。在這趟街區裡，二十三歲是個突兀的年齡，依親的選項也是少有，此刻你心底更燃起對莫莫的好奇。

「你別看我大學剛畢業，按摩我也是很行的。」莫莫雖然這麼說，但相較於老練的小舞，莫莫最多以十指施力，掌不著身，按與推之間，只是輕輕點到，沒有按進肉身的肌理，更多的時候，觸感都只停留在膚上，彷彿輕艇快速刮過水面，暈開微微的漣漪，微微的慾望。

「你以前來過這裡嗎？」莫莫問。

「沒有，是第一次到這裡來按。」你說。

「之前有去其他地方按過嗎？」「有啊！」，隨著莫莫一邊按，一邊問，你感覺有什麼正往核心收攏，語言是弓矢，莫莫以肉身搭弓，弦張滿，按進身體的肉疼，將慾望逐漸拉緊，發出時，只求一矢中的。「那你怎麼會知道這間？」「從網路上看來的。」忽然，你感覺到莫莫長髮的細尾柔絲，輕輕散在你的肩頸之間，有些刺，有些癢，熱熱的呼息貼在你的耳旁，正如所有撩人的開端，輕輕問你一句：「那你知道我們都要按哪裡嗎？」莫莫一面說，一面將手探至陰囊後方，並刮搔著因充血漲起的龜頭繫帶處。「知道。」回答簡單明白，說是鎮定，其實是心急，急著被莫莫的一雙手，帶往下一個境地。你知道會發生什麼，「翻過來。」小巧的氣音穿過耳膜，氣血循著經絡，在皮膚上開出一粒粒疙瘩。

至此，你已是聽命的傀儡，是被莫莫十指提線控在掌心的木偶。

轉過來的視線有些模糊，但仍可以看見，莫莫年輕的臉龐，被氣氛燈光削出圓潤滑轉，她避開視線，右手持續的套弄陰莖，左手十指扣住你的指間，無從閃脫。是不願讓你多騰出手去撥拉她的胸襯，也是兩手同步施壓的技巧，一手套弄得越快，一手則扣得更緊，直至你噴出，她才又俯下身，輕輕在你額間留下一層吻。

「你坐一下，喝杯水，陪我多休息一陣子，我還不想那麼快接下一個客人。」你只好老實得坐下來，兩人一起說話聊天，她說：「我大學剛畢業而已，你看起來也差不多吧！」你連忙稱是，並順口說了抱怨了大學的課業，互說了幾件校園裡生活的趣事。你與莫莫，彷彿是有了共通的密碼，刻上相似的印記，此刻的她與你，不再是花錢解慾交易者，更像是日常裡、課堂上，隨時會坐在你身邊的另一個同學。

時間到了，你放下水杯，走出小間，莫莫引導著你，要從那道密門出去，你再走往前，你們就又是陌生人了，一手正推開門，莫莫在身後，忽然一手拉住你，說：「等等，要不要加下微信？下次你來前，先發訊息給我，讓我知道你會來，留一點盼望。」那天，你加了她，搭捷運回去的路上，心底竟也有些期盼感，到這裡，已不知是誰盼著誰了。

回家後，你躺在床上，點開了莫莫的個人頁面。

下

手機光源照入眼底，像一雙手推開窗，海水咕噥咕噥的流，莫莫的生活日常，由眼流入身，一則則類似是，「我的夢想」、「努力就會改變」、「生活苦，但不努力會更苦」、「最好的未來給最拚命的自己」大多配著圖片，圖中有人，相片裡的莫莫穿著一身正式西裝，簡約俐落，一雙眼勤勤懇懇地看著圖外人。你心底不禁浮起一些落差，一些驚詫感，「這是她嗎？」那就像是你我在街邊日常會遇到的上班族，手裡或拎著公事包，晴天中午街角旁，隨意吃著午餐以待下午上班時光，或雨天裡匆匆收傘衝向捷運站的業務人員，更不像是穿著性感睡衣的按摩女郎。

又或者，按摩女郎還是日常上班族，本身為的就是同一件事。

再往下滑，看見莫莫的其他動態，裡頭有一些她站上講臺的照片，手裡擎起一支麥克風，另一手指著投影片裡的事物，眼神看向聽眾，也許口裡正傳達著一些概念，認真且堅定，從那些圖片中你能看出來，也知道，她肯定相信著什麼。隨著動態標出的日期，那些日常匯流成一道線性的時光，有如滿水之線，一寸寸淹入你的心，直至填滿。

也許在巨大的慾望面前，已讓人的存在被壓得扁平而單薄，忘了她有肉身、有情感、有目標、有理想，與你與我，與在街道擦肩的眾人，一樣都是人，不是商品。

此刻，你按離莫莫的動態主頁，滑到對話窗口，指頭沁點汗，往她的頭像按下，一如潺濕的吻，深切而不知所以，螢幕切換光閃，忐忐忑忑的打下第一句話：「在嗎？」。

「在。」

你窩居的小套房裡頓時有了光，趕忙坐起身，心底思前想後的要回些什麼，都是這樣的，問的時候沒有底，沒預想好回覆對方的答案，半句話隨指尖懸在那裡，連按下哪一個音節都還沒確定。正猶豫，莫莫就把話接了下去，「你現在在幹嘛呢？」即時性的回覆，彷彿等著彼此，那些網路上吃魚喝茶經驗的第一條鐵律：「不要暈船。」你過往總是覺得自己能把持，但這條律則，竟也隨著一來一往的對話漸漸淡薄、鏽蝕，最終只是一塊掛在海風中搖擺的招牌，空具語言，隨時可拆。

指節飛快的按，有時你傳了一些歌給莫莫，莫莫說她沒聽過，有時你們一起聽歌，一起看詞，一起說詞裡的曲義，此時的語言是筏，無肉身，只有切切實實的情感交流，可慾望的邊界在擴張，從肉體到精神，從精神到星球，再到整座宇宙的邊界，你駕駛著星際中的船艦，在浩瀚的未知領域裡逐漸迷航。原來沒了肉身，失去耳鬢廝磨、肉體摩擦後的慾望更為強大，更像是一種渴，一種索取。

莫莫來自四川，畢業前加入了保健食品傳銷公司，進入團體後，還是窮學生的她很受鼓舞，團體裡有一種莫名的向心力，彷彿人間所有的美好特質都在那裡。正向、積極、鼓舞、希望、互助，上過一堂又一堂的課程後，讓她相信自己的工作是在幫助人，講臺上成功的講師都在分享，早年自己如何辛苦，如何向自己的母親借了二萬塊人民幣購貨，後來又歷經艱辛，終於靠著幫助人的心，把這二萬塊硬是賺了四倍回來。講臺上的燈光正映著講師眼角流下的淚，晶閃閃，看得臺下人淚汪汪，頓時講師手向臺下一伸，「讓我隆重邀請，我的母親，今天到了現場。」老母親佝僂站起，顫巍巍走往臺上，一旁講師急忙攙扶，待至講臺中央，講師拿起麥克風，安靜了三十秒，哽咽地說出：「今天，我要把這份二萬塊的榮耀，還給我的母親。」老母親頓時泣不成聲，不需要擴音機，也能把這些淚水滴進臺下聽眾的心裡，彷彿甘露，遍灑群眾，整座會場人的心底全都發著光，手裡握著收費的入場券，暗暗許下，「我也要」的願望。

也許誰都曾負了誰，誰都曾經讓誰有期待，誰都讓誰的盼望失落過，誰都需要一個彌補的機會。

「時光無法逆轉，可未來可以創造。」這是現場講師的結語，也是莫莫傳給你的話。她始終這麼相信著，因此腦子一熱，淚濕濕的從眼眶旁滑落，一口氣就把過往打工的身家也押了下去，現場就直接囤起貨來，錢不夠？不要緊，一旁高利率借貸早就準備好，填了單，笑盈盈地跟她說，這不是賣藥，她賣的是助人助己的夢想。

因為大量的囤貨，上級給了她一個銷售襄理的頭銜，因此她更積極地拉下線，有了更多的曝光機會，站在臺上賣力宣導，更努力的購入貨品，金錢周轉不過來的時候，就向公司裡放款的部門借錢。金流量來來去去，表面上進帳很大，但上級要她囤貨的花費壓力更大，事實上淨利不多，能暫且過上光鮮的生活，只是因為上級不急著催還款項。

但她說：「有時所謂的襄理，只是鑲在那裡沒人理。」後在附上一個半哭半笑的表情符號。隨著囤的貨越多，債務也越來越高，當時手裡緊緊攢著的夢想，都已糊爛的看不清楚。如一張命運不明的紙籤詩，原先就朦朧模糊的文義，更被拗成一道道四分五裂的紋理，分不清該走往哪裡去。忽然有一天，上級因為傳銷違法都被抓了去，該項保健食品停售，組織解散，可借據裡的款項仍然有效，高代價的貸款讓莫莫一時還不了錢，於是飛到兩千公里外的臺灣，將男人的慾望賣成一個夢想。

「臺灣剛好有我的親戚，可以留比較久，而且這個街區的競爭年齡又比較高，我在這裡每次站不到五分鐘，就馬上有 case 可以做，根本無敵。」

「來這裡點你的人呢？都多大呀？」你問莫莫。

「有老有少吧！只是白天時老人比較多，年輕人要等很晚才會有。」

「那你有做全套的嗎？」

「一般都是半套，不做全的，或是說全的要看對方順不順眼，加不加錢，加多少錢？客人問全套價錢的時候，我都會故意講一個天價，讓他肯定沒帶夠，打消全套的念頭，等於是婉拒了。」

「而且一般來說，一千六百元我們只能做很基本的了，一次只能抽六百元，也不想給客人多碰，這都是勞力活，皮肉錢欸！」

「但不怕客人硬要嗎？這樣不會危險嗎？」

「不會呀，快點幫他們弄出來就好，男人嘛，下面軟了，就不嘴硬了。」

「但怎麼想做這行？」你問。莫莫說，利潤雖沒有想像中高，但這裡賺錢快，還款速度快，以依親的方式一年來個兩回，也算是可以了，給自己一個期限，還完錢就能走人。也許是察覺到話題的冒犯，莫莫話鋒一轉，說：「其實這也跟直銷很像。」

「怎麼說？」

「你看，首先我們也是幫助人，解決男生的需求，給他們溫柔，滿足他們。然後從裡面抽成，而且你想喔，做這行沒有正向一點很難做下去，阿姨們之間都會互相給我打氣，多好呀，難道因為賣的東西不一樣，所以有差別嗎？」你想了想，確實只是商品的不同。

「我直接把商品賣給客戶，立即性的解決客戶需求，替他人提供價值，這也是一種幫助人，不是壞事。何況，我提供的是更高層的性價值，客戶滿足了這個需求之後，整個社會才有續航的動能去做其他事，創造其他價值。」莫莫說。眼前文字一條條拉動對話框，一如海浪，你的舊價值體系正被侵蝕，更像一座被風化廢棄的碉堡，表面嚴實，內在卻已無人戍守，硬邦邦的水泥塊在掉落，對話在進行，一寸，又一寸，直至海風散去最後一絲堅硬，你聽聞、思考，最後是認同，站在莫莫的立場，如果都是提供價值、肩負功能，那莫莫又選錯，或做錯過什麼？

那時，你彷彿可以看見，莫莫站上講臺，擎起麥克風，背景是黑暗裡發著光的ＰＰＴ，為你說起世上甚深難信之法，認真而動人。對話一直在進行，你的注意力隨著時間逐漸模糊，夢境一點點滲過來，你看見莫莫在那間黝暗的地下室，房裡的監視螢幕發著光，畫面裡，人流來往，人們以特別的眼神打量站街的小姐們，警察偶爾入鏡，巡防驅趕小姐，待其一走，小姐與客人又復出現，他們在躲，躲這個社會的眼光，在合法與不合法的邊緣裡遊走。但莫莫一臉認真鎮定，一手淩空擎起一根充血堅挺的陰莖，以肉身為器，以男性的命脈來擴音，另一手指著監視螢幕，眼神堅定地看著你，一句句說：「都是提供價值，我與你有什麼分別？為什麼我不是合法的？我也該受到保障啊！」你坐在按摩床上，不言不語，只能聽莫莫的慷慨陳詞。語畢，手裡的陰莖噴出一道精液，濺得莫莫一臉，硬挺的條狀隨即消沉，乾癟疲軟成消風氣球，無力無為，一如這座城市，這個國家。

你醒來，才驚覺是一場夢，這也是莫莫橫跨了兩千公里的夢。

後來，你與莫莫聊得越來越勤，又再約了她，她說：「不必到店面，直接來我的宿舍。」隨即發了條地址給你，才知道莫莫來臺後，與其他工作者一起集中住宿，業者統一管理，維持著既定的作息，而那天正逢莫莫休假，宿舍裡剩她一人。太陽把街道照得通身發亮，熱氣盈盈浮起，陰暗的角落彷彿被集中起來，退到更暗的地方去，你順著地址走，至西園路與康定路中間橫亙著一條條小巷，舊體建築與鐵皮違建，交錯複雜的掩去了陽光。手機導航到一個大概的地點，是一處各住戶間長年增設，而留下隱蔽的雜燴院落。

其中有一條長長的鐵製防火梯，直線的從二樓延伸至地面，窄而細長，莫莫正要從那裡走下來，還不到一半，一見你就笑，直說：「看你這麼熱，快上來！」隨即旋過身，以指尖輕勾示意，如一對幽會的情侶。心底怦怦的跳，慾望在爬升，隨一口吞下的口水踏上第一階，莫莫持續往上走，階梯的鏽蝕卡榫隨腳步的踩踏，嘎茲、嘎茲。

此刻，莫莫背對著你，眼裡已不見任何人，只有一級級鏽蝕的階梯，好似一條無人的道路。但聽覺裡，每踏上一層，身後就傳來跟隨的聲響，像那些年直銷經驗裡她所信奉的，眼前道路沒有人，但一面走，可以一面聽見追隨者的步伐。那一刻，她又覺得自己仍是銷售襄理，她往上一層，下面人緊跟而上，那時她更加相信，這行與那行，已確實沒有分別。

「嘎茲，嘎茲」來到最後一階，莫莫站定，閉著眼深呼吸了一口，從口袋裡拿出一串鑰匙，叮鈴脆響，也掩不住身後人的心跳聲。鐵鑰冰涼涼的感覺流過膚觸，對準鎖孔的手還有些微顫，她知道身後人跟著她，灼熱的看著她，渴求慾望得到紓解，還有一些，是欲望之外的什麼。

鑰匙輕輕轉動，門鎖彈開，正要開啟下一場夢。

幾個月後，莫莫回到四川，你刷過微信的動態，看見莫莫又復穿上一身西裝，簡約俐落。從此以後，你知道，這個行業裡的每個人都有夢，莫莫一張張堅實篤信的照片，懷著熱血做事的眼神，在異地，在此處，走她的路，懷著她的夢。

〈毒素終結者〉

那時你似乎能看見，一個眼戴墨鏡的女人，測不出表情，身後有熊熊烈火，卻冷冷地告訴你：「I will be back.」，硬邦邦的像要終結什麼。

更早之前，有了前幾次的經驗，你越加嫻熟於這套產業的黑話解碼，網路上用術語加密的經驗分享，你都能從結構裡抽絲剝繭，旁人不懂的怪異文章，在你看來都是一則則說明地點、行情的情報地圖，其間還得過濾哪些是業者偽裝的經驗分享，或是詐騙點數的不實訊息，還是貌似警察釣魚的詭異資訊等等。最基本的，得從KHS開始瞭解起，K表示金錢，以千元為單位，一K即是一千元，〇・五K則表示五百元，依此類推。

H則是時間，單位是小時，一H即為一小時。至於S是色情服務，裡面的項目細分較多，〇・三S是半套，服務過程不露胸，不讓觸碰下體，純粹以手幫客人解慾；〇・五S也是半套，與〇・三不同的是，〇・五以手解慾的過程露胸露點，基本上空，且客人手可隨意觸碰，而一 S 則為一般所熟知的全套。

KHS 三項資訊搭在一起，即可理解基本的行情，但這只是最入門的解讀。

論壇上的資訊如海水湧來，滑鼠輕觸，彷彿原始人正造出第一支屬於自己的木舟，嘎嘎吱吱地輕響，標題觸點如划開第一波浪潮。一整天，你都熱衷於搜尋這些資訊，午後的陽光照耀進來，第一份探訪的清單已經列好，相中了位於林森北路的一家店，黃昏滴在螢幕上，宛如陽光落在海裡燃燒，更像你此刻心情的潮汐起落，洶湧而絢爛。

查好開始營業的時間，剛入夜，你就準時站在店門口，痴痴等招牌亮起。

店中人來得更早，只等開店時間到來，她們由內而外盼著你進入，你則反過來，從外而內踏出步伐，雙方相互臆測，像對鏡自照的兩個世界，彼此陌生，卻要在此處交集。你走進去，門邊媽媽桑瞅了你一眼，隨即望向櫃檯旁的監視錄像，確認你身後沒有人，而你看向她，有了之前的經驗，心有多定，知眼前人只是櫃臺，不是真正的服務者，雙方心領神會，不用多說，媽媽桑即暗示你上樓等待。你踏入往樓上的階梯，身後響起媽媽桑以無線電對講機呼喚的聲音：「二號，二號準備。」

到了房內，換好紙內褲，半暗的房採取硬質空心隔間，每床皆以房為單位，並且設有滑動木門，門上留一小玻璃窗，你暗自測度，這裡老闆應下了重本，設備好，小姐照理也不會差，加上這些嚴實的隔音的硬體，足可讓你安心盼望。

你安心坐在床邊，聽門外小姐噠噠走來的腳步聲，心底暗自竊喜，自己找訊息、解讀情報的能力又更準確了。

此時，房內陰暗的光線飽和的正好，木門滑開，從漸大的縫隙現出臉來。你正抬起頭，準備與來人眼神相接，磨出火花，只那一刻，對眼瞬間，目測對方竟是年近六十的阿姨，錯了，一切的推測全錯了。此時無火無花，慾望凋零，只留房內的冷氣吹送出更冷的寒波，將人逼出一陣哆嗦。

半老的肉體，套上一襲薄紗睡衣，內裡皮膚的粗礪皺紋，正與外在絲綢滑順的衣物形成對比。你立刻躺著趴好，將頭深深埋進按摩床裡，多餘的慾望，不敢想，不敢看，正哀嘆著自己的失準，阿姨的一雙手已欺了上來。

一雙手，力道重得滲到筋肉裡，此時身體似飽水的海綿，按壓搓揉間，擠出了更多的痛覺，阿姨像拆開陳年組裝的積木，清去縫隙間的雜垢，伴隨一陣陣痛，卻漸有舒緩的感覺，再大的慾望都化為幾聲悶哼，嗚嗚啊啊的說不出半個字。

你正猶疑，也正考慮「那個」問題，阿姨卻先開了口：「下面要不要按？要加錢喔。」你才從痛覺裡猛然醒來，還不到一個小時的暗房裡，心思已繞了幾回，沙推過好幾次，鐵了心告訴阿姨。「不了，我就是想來純粹按摩的。」空氣沉默了一會，冷氣更冷，半晌阿姨才回：「到我們這裡來，有幾個人是來正經按摩的？」語意裡，有一點感嘆。

「我是。」你堅定地說。

回應簡短，可心底更是大聲吶喊：「我是我是，我就是。」

「你真的是啊？我已經好久沒有遇過正經要來按摩的了。」阿姨說。

至此，雙方的索求都攤在對話裡，明明白白，慾望交易不成，只好交易技術。原先冷冷尷尬的氣氛，好像漸漸轉暖了。接著，阿姨的職人精神似乎活了過來，精準的按入背上、腿上、肩頸旁的穴道，並順著肉體筋絡將手上的氣勁拉了開，痛覺與舒暢並行，痠麻與流通在身體裡不斷切換。你躺著，時不時舒開一口氣，四肢百骸都被做足了功。

「以前有認真學過推拿嗎？」你不禁問。

「那當然啊，我以前就在大的按摩院當師傅。是真的練過按摩技術，不是像現在做這種半套的。」阿姨說。

「以前啊，我那個老闆，有完整的職前訓練，把我們送到一個地方受訓，請中醫啦，推拿師啦，教我們一套人體經絡的按摩方法，那時候情況還不錯，有訓練，有專業，真的有學到東西，也可以拿這個技能去賺錢，不用躲躲藏藏，賺的錢還夠我們養家過日子。」聽起來，阿姨的語氣裡還有些自豪的生息，一種專業職人的敘述口吻。

「可是，好的日子不會一直有。」

原來是沒多久以後，經濟情況不好，來客變少，大多數人不是單純來按摩，養生館四起，多半搭配半套或全套的服務，純粹的按摩市場受到衝擊，資本大的兼併資本小的。不想被兼併的，就在店裡摻一點黃，說是優待給客人的額外待遇，但其實我們都清楚，那不是特別優待，而是逢客必問，增加利潤的常態。

說著說著，阿姨提起她專業的一套按摩經，她認為：「我們人活著，就是會新陳代謝對不對？啊代謝過後，是不是會有廢物沒有排乾淨？那些雜質留在身體裡久了，沒化掉，就會變成毒素，我這樣說啦！其實我們身體自己每天都在產生毒素，要定期給它排一排，不然很多病啊，癌症什麼有的沒的，都會一個一個來。」

阿姨接著講：「其實喔，我也老了，真的要認真做推拿按摩那一套，也沒體力了。」一邊說，氣血一邊依循經絡運行，似乎要把體內陳年的老廢都排除，語氣裡，好像有一些暗示著被這座城市排拒的她。「比如說，人的毒會累積在經絡裡面，最常累積在末梢，我們都要把末梢的氣孔先按開，再順著肌肉經脈把毒素推擠出去，像這樣按一按，你晚上就會很好睡。」

「人生下來，就是一直在累積毒素，有毒，就會老，會生病。」在阿姨眼中，眾生皆有毒，毒是生下來就有的原罪。你先是靜靜聽著，再慢慢感受阿姨的手勁，漸漸認同阿姨的說法，且在對答中，不由表露連連認同，此時職人的一套功法，就要將毒素排泄殆盡。

原來在這裡，不交易慾望，還能交換出一套身體毒素觀。

隨後，阿姨將你的背鋪上熱毛巾，再隨背肌敲打，再多的痠痛，都隨毛巾上的蒸氣散為輕煙。片刻後，撤下毛巾，阿姨也舒了一口氣，坐在床邊休息，「好久沒有這樣幫人按了。」你此時已將身體翻正，在黝暗的燈光下，看歲月劃在她側臉上的紋路漸淡了去，兩人一室，靜默隨對視泛了開來。

阿姨看向你，淡淡地說：「少年仔，說到這，你知道嗎？其實慾望也是一種毒。」阿姨將看向你的眼神挪向下體，「今天你會來找，一定是要來舒服一下，但慾望沒排解，也是會累積毒素呢，那裡要不要幫你排一下？」此時你赤裸著全身，只餘一件半透薄的紙內褲，面對阿姨看著的眼神，你已分不清，這是為了慾望？還是為了健康？又或者，兩者在阿姨的毒素論裡，本就是同一件事。

猶豫了一會，「那邊還是不要啦。」你說。

「真的嗎？剛才你不是很認同？你這樣毒沒有排乾淨，身體裡還有餘毒啦，一點點毒都不能留，快點，要不要？」

「沒關係真的不用了。」

由於你一再堅持，一瞬間，阿姨看著你的表情垮了下來，那時你似乎能看見，一個眼戴墨鏡的女人，測不出表情，身後有熊熊烈火，卻冷冷地告訴你：「I will be back.」，硬邦邦的像要終結什麼。

要終結你的毒素，也要終結你的慾望，或你猜，是終結她的慾望，她的毒。

最終，你仍是拒絕，並離開了那家按摩養生館。走在入夜的林森北路上，街上車流來往，燈明燈滅，你帶著一些疑惑的心緒走著，想剛才按摩阿姨說的話，慾望的本身也是毒嗎？那麼我們生下來就帶著毒，帶著毒工作，帶著毒吃喝，帶著毒生病，帶著毒衰老，死去。

看滿街的陳列商品，看有慾皆毒。走著，你在一面玻璃櫥窗前停了下來，看見反光裡的自己，映像中，有一個被慾望熱衷驅使，四處尋找解毒的人，一頭獸攀附在身上，慾念越養越大，毒素越積越多。你看著，任身旁人流來去，停了好久好久，這些毒素的終點，究竟在哪裡？你不知道，只知道，在這座城市裡，你想找到答案。

輯二、外送茶：解渴的宅急便

〈茶裏王〉

「叮咚！叮咚！」隨著聲音一聲聲響起，原本黑底的手機螢幕上，忽然閃起一條橫幅訊息，像鋪開的卷軸一樣，一列列亮在螢幕。「到了嗎？」、「你在哪桌？」過分簡短的文字，如夜空裡散落的星點，抬頭一望就能看見，就能明白。自從高中畢業後，你經歷大學重考，輾轉去過花蓮，碩士時的中壢，最終博士才在臺北落腳。而訊息的那一端，是你的高中同學小夫，他在高二時就輟學，沒有讀書的日子，曾經加入當地的債務企業社，小額貸款，車貸免抵押，專門幫公司索討債務，公司仗著當時的他受少年法的保護，讓催債行為遊走在法律邊緣。一年多後，小夫成年，公司早已物色好一批新的少年仔，將他換血換了出去。當過志願役，在軍中幾年，被拘束的不得了，不願意再簽下去，重新來到紅塵裡打滾跌撞，幾經流離輾轉，他和你一樣，都來到了臺北，來到這裡。

咖啡廳裡的柔和黃光，融合著外頭陰雨的灰暗光度，潮水般從窗外流過來，小夫一手捧著咖啡，一手提著筆電，逆著光，探頭看見了你。你趕緊挪一挪桌上的筆記、雜物，讓一處位置給小夫。「叩！」小夫將裝滿咖啡的杯子，放置在桌面上，「你真正是讀冊郎喔！咖啡這麼苦，你也有法度飲落。」隨即拉開外套的拉鍊，原先被衣物遮蓋的肩鎖骨之間，隱約能看見青紅相續的刺青。

「來，看你欲問啥？我這臺電腦內底攏總有！」一面說，一邊將筆電搬上桌，翻了開來，一道螢幕立起，像你跟小夫之間的界分隔閡。他將己身融入那片面潮的螢幕之海，而你是海的背面，螢幕為牆，是他的世界之外，正要攀上牆的上緣，偷偷的覷看一眼。

小夫在茶莊工作。

你看了前一天寫下的問題，問：「可以介紹一下你們產業的產業鏈嗎？」

「產業鏈喔？喔，你欲聽從進貨、包裝，到出貨喔？你真正有貪。」小夫說。

小夫說完後停頓了一下，決定先從他的工作講起。

「你把椅子搬到我旁邊。」小夫說。

你把椅子挪到小夫身邊，雙眼注視著筆電螢幕流出來的大海，這裡像深海，也像山谷。小夫露出了淺淺的微笑，那時你知道，他正展示出第一支屬於他的獨木舟，嘎嘎吱吱地輕響，點擊的滑鼠正划開第一波浪潮。這時，窗外轉為晴天，午後的陽光照耀進來，小夫正點出第一個檔案，這個世界裡頭，有著專屬於他的樣貌。

先從這裡開始，我們這邊是俗稱的「茶莊」，首先要分清楚，「茶」跟「魚」，是不同的。先說魚好了，魚是一般自己個人出來作的，通常沒有集團輔助經營，好處是賺得的利潤可以自己全拿，但危險性比較高，客人無法過濾，很常遇到那種要求不戴套，或是喊價殺價的客人。再說了，魚在警局裡面也沒有相關的疏導，很常被便衣的循線釣魚抄到，被罰被關的風險很高，可是利潤高，但就是要建立自己安全穩定的熟客群，初期很辛苦，通常都要自己先在網路上公布自己的「魚訊」，讓懂行話的客戶可以解謎找來，熟客群做起來後，會比較沒有風險。

但是「茶」就不一樣了，我們是有集團支援的。像我們茶莊，先從上游接應小姐過來，小姐過來以後，會依照茶種（國籍）、茶杯（罩杯）、茶溫（年齡）、身高、體重等，在老闆身邊的第一批人彙整成 EXCEL 檔，依序編號列出來，每個小姐在入茶莊這行的時候，都會拍一些基本的照片，照片上跟 EXCEL 檔的編號相互對應，上面的人會把這些打包成一份檔案，傳給我們。你看，聽到這邊，我們的作業是不是很嚴謹？

「那你負責哪一個環節？」

剛剛講到照片，我的工作就是接收上游傳過來的檔案，負責把圖 P 得唯美色情，然後開一個 Line 和微信的帳號，每天在自己頁面 PO 這些圖，搭配小姐們的資訊，這工作可難了，你不能讓客戶看到小姐們的臉，卻又要讓人感覺小姐的輪廓五官是美的，我們算業績的呢。

小夫打開其中一組原始的小姐資訊，手邊的 Photoshop 也隨即彈了出來。原圖放上修圖軟體，色階淡化柔焦，對比度細細調了幾層，髮邊有拍得過分清晰的毛躁，都給他修了去，溶在照片中的布景後面。茶莊小姐訊息是不露全臉的，小夫依圖中人的臉形，過圓的要把霧化糊面打在全臉，眼眶處要深，霧起來才不會連輪廓的不認得。若是天生麗質，眼能勾人的，修過皮膚的柔焦，就在臉的下半部，打上一個茶莊遮掩的記號，美人猶抱琵琶，半遮面。若有瓜子臉型，就把眼黑上一條縫，額要留、鼻要留，嘴更要留一道微笑，嘴角勾起的，都是客人沉進海底，等待打撈的心。

臉的問題解決，更重要的是身形。手臂、腿腳不能粗，看起來不能有贅，滑鼠熟練的拉出一道弧線，一條，再一條，影中人的手腳，逐漸產生了微妙的變化。修細的同時，還要注意照片中的影子，背後的景物，是不是一併被拉了更細去。修太誇張，顧客會不滿意，全無修飾，則顧客不來，小夫一只滑鼠拿捏在心，繪一幅理想中的最能勾起慾望的身。原來，只是幾微米，幾個色階，就是凡人與女神的距離。成神成人，只要有心，知人之所慾，則近道矣。

人生來就不完美，卻總是慾望著完美的事物。若有過瘦的身，有小夫替她們添上胸谷中的細微陰影，中間劃上輕短一線，配上凹陷腰身，打上小姐資訊的過輕體重，鬼斧神工，肌白細嫩，若一尊可以捧在手心的玉刻小佛。若有太腴的身，豐臀肥乳，也得由腰身來襯，腿要細，卻不能細得過分，歐美健美運動風，還是韓國最流行的蜜大腿，重點在勻，要勻要稱，合乎比例，那不是胖，是一雙蘸滿調料，醬油色紮實密勻，嬌豔欲滴的嫩肉。

在他手中，凡人在圖中成神，好似敦煌壁畫中的飛天仙女，配上檔案裡的茶杯、茶溫、茶種等資訊，附上價錢，再加入他自己對小姐的敘述，彷佛真是在介紹一款好茶，撩動人類之欲，餓了便吃，渴了要飲，而他是推薦好茶的王。他說，同事們都給他個綽號「茶裏王」。但其實這工作很苦，客人不點你的茶，上游的人會怪你行銷能力有問題，不懂包裝，一開始老接到上司打來的電話，罵罵咧咧，苦啊，遂自掏腰包，去報名軟體運用的課程，學了半年，才終於對職場技能有幫助。但現在，小夫已是同事口中的茶中之王，初入喉縱有再苦，回甘，就像現泡，瓶裝茶也能賣得渾然天成。

小夫得意的說：「看到沒？這就是技術。」

你點點頭，表示認同。

「你讀中文博士，以前老師……是不是有說過一個故事，裡面有一個人專門畫女生，叫做毛延壽，皇帝要送女生去匈奴和親，都是先請他畫，有這個故事對嗎？」小夫接著說。

「有啊，的確有這個故事。」你表示有的，並說這就是昭君和親的故事。

小夫笑了開來：「對嘛，你感覺我是不是就是那個專門畫畫的？人家要選妃，我先畫好，人家再看我的畫像挑人，你看，我是不是那個現代毛延壽？」你想了想，這倒有些切合，美醜好壞都先由小夫定了，圖文資訊先行，小姐們有各自的命運，要出發去她們命中的邊塞，黃沙滾滾，車行蹣跚，一隊儀仗駛入匈奴國境，路旁燈火在小姐的妝容上鋪出了花，這座城市裡的昭君，就要出塞。

「雖然說是有業績壓力的，但我生涯裡面，也是有一次失誤。」小夫接著說。

那時的小夫雖入行了一陣子，卻還沒有獲得其他同業喚其為「茶裏王」的稱號，但基本的開帳號、修圖、配上資訊文，卻已有著一套嫻熟的操作。本來，他的工作是接收上游給出的資訊，再加工修飾，但有一天，老闆忽然要他開車去接新入境的小姐，說是人手不夠，新來的還在受訓，只好拉了負責下游環節，且可信任的人頂著先。小夫說他依照老闆指示，到桃園機場接一個中國小姐，那女生矮矮的，長長頭髮，依資訊顯示，才二十四歲，大學畢業不久，身子板瘦瘦小小，臉上只鋪了些淡妝，笑起來很像陸劇裡那些明星。

小夫說著，嘴角也微微上揚，喝了一口剛剛才嫌苦的咖啡，卻笑得很甜。回想自己剛接到她，就打電話向上游回報接到，一路帶到指定地點拍照。茶莊小姐通常在入境以後，第一站是由專人接送至飯店房間裡拍照，那裡會預先準備幾套情趣睡衣，尺碼大小各有，換上衣著，由化妝師補上妝容。攝影手捕捉角度，幾張照片的基本原型就這麼出來了，後再交由中游的修圖手修飾、發布，後再由下游充當專線與客戶聯繫的窗口，一條產業鏈就這麼成型。

可那次，他真的迷上了那位接待的女子。

他跟著一起帶她進入飯店拍照，化妝師巧手一繪，性感小睡衣穿上，幾張撩人姿態接續擺出，不必再以軟體多加修飾，她就已是活生生的仙女，二維的圖像，有了三維的立體形貌，後來，小夫向她要了聯繫的方式，兩人在車上隨意聊天，送她到下塌的地方。晚上，小夫收到業務資訊的檔案，裡頭有要他修改的圖片，要他發布的圖文，就是白天裡他接待過的女子。

他心裡有點忐忑，握上滑鼠的手還噙著汗，原圖已是不需再修，素質良好，可小夫打著其他的主意：「把她修醜。」他不希望客人總點她，但又不能醜到不能交代，於是平日裡那些修圖策略都逆著來。纖瘦的要加厚，軟曲的水蛇腰身，偏要平板畫直，膚質裡的淡疤紅痕，都要偷調對比，讓它在圖上顯出來，可修修抹抹，還是掩不住女孩的氣質，那怎麼辦，只得全臉霧化，搭配文字描述慘淡，平平凡凡，能撩動男人的字詞都避了開來，客人能少則少，將美若天仙的昭君繪為凡人，歡場流離，看客來去，小夫見得慣了，但或許這是他在其中摻入的一絲懸念。

他當天跟那女孩要了聯絡方式，看了她微信愛聽的歌，晚上就傳給她聽，女孩餓了走不開身，他也總送飯給她，他用其他電話偽裝成新客人，向茶莊預約了女孩的大把時間，空出來的業績都由他來補。他不確定這是不是一場戀愛，他只知道有人接受他，過往他在萬千容顏之間流離徘徊，如今卻只識得這一張。女子初來乍到，也把小夫當成在異鄉的依靠，兩人赤身裸體倒在床上，相互摟著對方，他和她都不知道未來在哪裡？只知道如果是愛，為什麼是以這種形式開始？

那會以什麼方式結束？

一天，小夫的老闆發了訊息過來，說幾點以後要打電話給他，叫他一定要接。工作了好久，還不曾有過這樣的事，老闆慎重其事說要跟他聊聊。那段電話未來的空白時間，小夫乾晾在乾燥的空氣裡，每一呼息，都要將他濕潤的肺管裂去幾分，直至全身只剩下心跳咚咚，恐懼與擔憂，到了最後，只剩跳動的鼓聲留白。

其實，他心底知道大概是怎麼回事。

鈴聲響起，手機螢幕裡晃動著老闆的頭貼，他將來電滑開，湊到耳邊，老闆開口，先嘆一聲，唉，你喔，看不開欸。小夫吞了口水，痰液濃得要把他的心臟也包起來，回應：「頭家，你講哪一項？」電話中，老闆狠罵了小夫一頓，要他記住這行的規矩，「小姐再水，你再卡心動，做咱這行的就是不能對伊有感情！」，這條產業鏈如果參雜個人情感，那事情有時就會變得難控制，有變數，有很多因為感情而整條獲利系統被抄掉的例子，所以老闆不容許這樣的情況，而他也從茶莊大樓的監視系統認出了小夫，察覺了他的不對勁。因此，老闆直接下令要他冷落這小姐，要他絕情，要他把圖重新修得好，要他把捧在心裡的玉佛人兒摔碎，從今以後，工作是工作，愛是愛。

至此，昭君是真的出塞了，不能回頭。

老闆說，這是做這行的男人，一定要過的關，走得無聲無息，花得若即若離。

一如所有的愛情。

小夫講到這，平靜的臉上，還能看見眉心微微皺起，眼神也不那麼自信了。他停了半晌，喝起一口咖啡，咖啡館外照進來的日光，隨著漸入黑夜，外邊已有更暗的灰湧進來，比眼前杯中的咖啡還要暗，也許，還要更苦。「其實，我後來都只敢喝甜的東西。」小夫說，你不知道這句話是否有更多涵義。「叮咚！叮咚！」小夫手機裡又跳亮了幾條訊息，他拿起一看，是老闆的新任務，現在的他是茶中之王，不喝茶的人，很難估去他太多的時間，他趕忙關了電腦，告訴你：「今天先到這就好，以後有什麼問題，再用LINE問我就好。」

他離開以後，你坐在原來的位置上，頭頂只剩咖啡館裡溫黃的光，外面已被黑暗所侵吞，小夫走出去，與夜色燈火溶成一片，成為日常街景裡的一部分。你趕忙整理著手中的紀錄稿件，沒加糖的咖啡苦，咖啡暗，但再黑不過這些人的生活。忽然，你的手機訊息響了起來，螢幕隨即亮了幾閃，是小夫傳來：「有空來我們茶莊，圖片你參考參考。」幾張女子的圖映在對話框中，你點按開來，有如君王，一張張滑動挑選著，那些即將出塞的昭君。

〈白馬非馬〉

「馬者，無去取於色，故黃、黑皆所以應。白馬者，有去取於色，黃、黑馬皆所以色去，故唯白馬獨可以應耳。」——公孫龍〈白馬非馬〉

彼時你在酒吧，細細地說這則經典邏輯給他聽，白馬只能是限定於白色的馬，黃、黑之馬，都因為顏色不同，而不能算是「白馬」。未聽明白，還沒緩過神，他就急著告訴你另一則白馬的故事。

小安拿起眼前的杯子，晃了晃，喝得有些醉了，眼神卻敞亮著說，童話故事裡，王子將會騎著白馬而來，馬蹄聲達達，一派英姿颯爽，在危急時刻救下公主，從此過著幸福快樂的日子。但在現實裡，汽車引擎隆隆發動，接公主騎上馬鞍，雙手拉緊轡頭，一晃，車行揚長而去，但駕著馬來的不是王子，是馬伕。

小安向你說了一個故事。

那是他當馬伕的第一個月，道路從車窗外伸展開來，日常的街景平和靜好，一如往常。他一手握緊方向盤，一手調按加大著冷氣涼度，車內芳香劑擺掛妥善，四格車窗才剛貼好反射保護膜，依循前輩交代的四大原則，舒適、隱密、安全、快速，萬事俱備，就等他的公主。

車身停在大樓旁，從側窗看去，小姐正從大樓門口走出，正移動眼神左右觀察。小安隨即撥通了小姐的電話，響過聲，接起，確認位置。一霎那，小姐已有方向，直直朝他走來，開門，入座。想起剛才街上巡邏而過的警車，至此，小安才鬆下一口氣，但他的一天才正要開始。

小安一口喝乾酒杯裡的酒，視角模糊了，但心事舒坦，語言就清晰了，一層層解說起馬伕這個行業。馬伕屬於外送茶的外叫行業，類似計程車的體系結構，掛附在龍鳳業者、外送茶業者的體制之下，卻又不直接隸屬於業者，而是透過總部接案，發配給底下的馬伕案子，再由馬伕去接應小姐，一個馬伕往往穿梭於不同的業者之間，屬於性工作外送產業的下游。

第一天，小安謹遵前輩的交代，小姐上了車，一股淡淡香氣，隨著外邊的熱風散進空間裡。在LINE群上向主管回報人已上車，主管即刻發來預訂的飯店位置。並特別交代：「你第一天上班，記得要在飯店多繞兩圈，看有沒有鴿子在那邊登人。」由於據點很近，小安一面將車開到飯店旁，卻未將車煞停，而是減慢速度，將視角掃往車上的三面照後鏡，有些不安，有些忐忑，視線的鏡中，還有身著包裙套裝的小姐，妝容淡雅，卻沒什麼表情，或者說，他不知道該怎樣期待後座者的表情。

他說：「頭家講，別有什麼想法，你們賺的都是辛苦錢，錢不要圈內循環，要賺，要買，就去賺別人的，買別人的。當作自己是物流，別去拆別人的貨，知否？」像馬伕這樣的職業，就是性產業一層層拆分的現象，整個龐大的產業體系能以部件分解。若自己被抓到，大多以易科罰金了事，對產業主體來說，可以做到即時止損，隨時拋棄可丟。載送一個小姐約只能抽五百，汽車自備，油錢自付，有時遇到好心或相熟的小姐，倒是會幫忙補貼一些油錢。這是一套慾望的產業，事關他人的慾望，而自己的慾望則被社會結構馴化，金錢、性慾、安全，三者絞成一條繩索，牽著小安在這套結構裡舞蹈，跳一步，是一步。

在確認飯店周邊安全後，小安將車停下來，向小姐表示可以放心下車，親眼看著小姐進入飯店，並設定好回來接應的時間，這項任務才算完成一半。

「但你怎麼會想做這行？」你向小安好奇提問。

「就親像電視裡面演的，那都是真的，大家都有自己的苦衷，我是因為有欠錢，之前玩地下運動博彩輸一攤，不多，但總歸是要還，才來賺這跑車的錢。朋友說客源穩定，偶爾有加給，都載短途，比起計程車，我們算很輕鬆了。」小安說。

載完小姐，小安就前往固定的咖啡店，在空閒時等下個接單。在馬伕的工作中，總有那麼幾家固定的咖啡店，聚集著所有馬伕，前輩與後輩聚在一起，靜靜的等單、打牌，偶爾用壓低的聲音交談，交流著產業的線報。若不說，常人進店，只會以為是都市商務客，或閒來喝咖啡的人，但其實他們都是馬伕，也是載送公主的王子。

「但其實說穩定，也不是很穩」小安說。

當天他來到馬伕駐點的咖啡店，點了一杯咖啡和食物，就坐下靜靜等單。地點是前輩通知的，他一面吃喝，一面四處張望，才聽見有人推門而入，一眼就和那人視線對了上，那是帶小安入行的前輩，也是剛送完手頭上的人，才到這裡會合。這個產業的需求與人流來往，隱伏在這座城市底下，彷彿物流業，密實實的鋪滿城市裡的血管道路，以不為人知的模式，進行著交流、輸送。前輩來到他的桌前，拉開椅子坐下。

前輩告訴小安，自己目前已經做到了接送一個抽一千塊，上面看他開車穩，人也謹慎，且從不和小姐發展其他關係，將他的外送級別調整至價位較高的小姐，小姐向客人收取高價，馬伕自然也分得更多。只是這樣的交易較為有限，多是地方富商或民意代表，才可能收取更高的費用，對馬伕也需要有更高的信任。「這樣不是滿好的嗎？怎麼說不穩定？」你問。

「好賺的時候賺很多，但歹賺的時陣，也很難賺」，小安將那天見到前輩的事情說給你聽。前輩說，雖然抽成較高，缺點是交易單數不多，按月有月休，但外頭風聲緊的話，則會被強制長休，特別是選舉前後，被長休的機率往往大幅提高。「所以其實喔，也不是說很穩，很好賺，只是沒有一技之長的話，短期要賺錢比較快啦！」小安這樣解釋。

前輩告訴小安：「你這麼閒，有沒有在搶單？中間再多接送幾個啊！」，小安搖搖頭，表示自己才第一天，想先熟悉整個流程，因此先不加入搶單的行列。事實上，這與美食外送很相似，卻有更源遠流長的歷史。「啊！時間，你有沒有在注意時間？」小安說有，他有在計時，前輩連忙提醒，快到時間的時候，記得提早一點打給小姐確認，催促她離開客人，這樣翻桌率才會高，其他人也因為小姐流通率高，才有生意可做。

馬伕間的對話，大都只圍繞兩個重點，即「這個單要不要搶？」、「小姐時間到了沒？」小安與前輩在咖啡廳休息，直到自己小姐的時間到，隨即打了電話過去，確認好時間，就要將小姐送回業者本部。

小安別過前輩，重新將車發動，引擎隆隆，馬蹄達達，馬伕化身王子。

駕著轎車，一路到達預定飯店，沒見到醒目的巡邏車，也沒有身穿制服，躲在樓間巷道的警察。小安覺得，這個單總算成了，卻還是保有些微謹慎，將車停在飯店後門，打給還在裡頭的小姐。正通話，另一端鈴聲響起，小姐接起的第一聲還沒回應，車身外邊，已站了兩個陌生男人，一高一矮，其中一人叩叩他的車窗。小安隨即掛下電話，告訴自己，要鎮定。

「叩，叩叩，叩叩叩叩。」窗敲得越發急，一如心跳。

小安搖下車窗，那個較高的男人，隨即將頭探了進來，像嗅到食物，迫不急待的犬類，開口就問：「你在這裡等誰？」等誰？等我朋友，馬伕自有一套回答的方法流程。「你朋友？你確定？」確定啊，不確定也得確定。「很好，那打電話叫你朋友下來。」憑什麼？「憑我們是警察，查到這邊有不法集團在經營，請你配合一下。」心一沉，完了，僵持不下，手機忽然亮起震動，是小姐打來。「接起來啊！」小安手微微抖著，掌心布滿汗絲，心底一套劇本隨即成形。

前輩曾交代過，如果不幸遇到便衣攔查，剛好又坐實了這個罪名的話，在那只罰娼不罰嫖的時代，千萬千萬，一定要將受損範圍，控制在小姐和馬伕兩個人。絕不可供出上頭的集團，無論是發包的業者，還是馬伕的群體，都必須在這時候切割止損，否則賠了罰金，或判了刑，事情結束後，在業界名聲也壞了，不會有集團想再用他。況且大部分的警察，也不想再上溯源到背後的集團，以他們的話說就是：「意思意思就好，你不知道往上辦會有誰在背後。」而小安就是那個「意思意思」的替罪羊。

至此，小安心一橫，只好認了，接起小姐的電話，要她下來。

現實是，公主來到，馬車最終化為腐壞的南瓜，王子亦成為馬伕，一身華服艷美的小姐，在這情境中，也不免滅去身上的光輝，神情黯淡下來。兩名警察，更似灰姑娘故事裡的兩位惡大姊，一扯一撕，將盛大的妝容卸去，耙出性產業不堪的一景。

「後來呢？」你問。

後來，小安照前輩告訴他的果斷認罪，把交易結構限定在客人、小姐、馬伕三人身上，沒有另外的集團，車是他自己的，小姐是自己和客人聯絡的，而他只是促成交易運輸的中間人，一切乾淨俐落，沒有擴散出其他情報。一如前輩交代的那樣，小安最終以易科罰金了事，小姐也是，四散流往下一個營業據點。

故事結束，你和小安對視沉默。現在，你忽然懂了，輪到你說說那則經典的邏輯辯論，白馬是白馬，卻不是馬，黑馬黃馬都不具有替代性，所以當指稱「白馬」的概念時，只有真正實體的「白馬」配得上這個概念，其餘一切，都是名實不符的稱謂。所以我們這個時代的白馬王子，只能是暫時充當的運送客，不是真正的王子。

公主與王子，最終沒能過上幸福快樂的日子。

而如今，遍地都是公主，滿街皆王子。只是，公主是隨機配發出的物流產品，白馬王子也不在城堡，卻仍駕著馬，達達奔騰，在這座名為臺北的偌大監獄裡，送過一站，又一站。

〈我只是水〉

「上善若水，水善利萬物而不爭。」——《老子‧道德經》

你面對浴室的鏡子，手扳開水龍頭，溢湧而出的水流過一些地方，有質無形，光可透入，你將手探入流動的水中，正可淺淺的撈進去，它不被你拘束，卻也被你控制。你要它成什麼形，留滯多久，它也只是靜默的配合，可一旦放流，就再也不回頭，等下一次水循環再來到此身，也許需要一千年那麼久。它沒有顏色，卻能承接顏色，加入何種染料，就呈何種色澤，這就是水。

可人間還有另一種水。

另一種水，是淡白肌膚鋪上的纖細肉體，柔嫩的髮襯上疏疏點點的香，細膩而柔軟，是凹瘦的腰肢，略略蜿蜒出的地理水紋。脣吻所訴，盡是耳際透明輕亮的點點猩紅。這樣的水，我們稱之為「外送茶」，茶是有顏色的，商人將她們染色、包裝，原先質輕透明的女子們，隨滲入點點的顏料，暈成這座城市想要的樣子。

她們沒有實際的營業地點，皆由茶莊在網路上放上資料訊息，建立熟客名單，價錢略貴上個一至兩千，偶爾與一些營運不善的旅館合作。客人於手機下單，敲定旅館開好房，再由馬伕送到飯店，不提供線上支付，怕留下紀錄，以小姐當面收取款項為主。與一龍一鳳、站街模式、養生館、豆干厝等最大的不同是，機動性高，警察不容易查扣，負責的腹地廣大，沒有固定的營業處增加整理成本，或是說，身體就是她們的營業處，以雙腿為戶，戶中收租著城市的慾望。

你甫盥洗完，關上浴室的燈，坐在床沿，靜靜等候手中的通知聲響起。

剛與茶莊約好，通過一連串繁瑣的客戶認證，確定你不是警察釣魚，從「千色論壇」那裡做頭的茶莊，彷彿以一貫的招牌品質下標「真男人的好朋友」才願意加你為Line好友群組，並附上繽紛繁多的小姐資訊。下好單，確認了飯店，預計二十分鐘後送到，帳款現收，一條龍的流程。原來，早在食物APP外送前，茶莊已有一套自己的點單、外送邏輯，差別是送物與送人，可有時這條界線，在這個時代已不是那麼清晰。

「叮咚！」門口鈴聲響起，你開門，心跳有點緊，卻還是禮貌地笑了。

女孩身高約 155 上下，一肩背著細長條帶的包包，如預想一般纖瘦，紮著馬尾，妝容完整。一貫的大眼有神，唇瓣由忒紅的顏色妝點，細眉深色，白膚襯底，五官立體的弧線都給凸顯出來，符合潮流的審美觀。入了房，女孩先向你收費，錢先入袋，後續才好談事情，畢竟也有許多人在完事後賴帳，或向小姐殺價的行為。「謝謝，我叫小丸子，你都怎麼稱呼？」女孩的中文裡帶點越南的腔調，語速流利，卻仍掩不住音調的差異。她一面放下包包，即逕自走到床邊坐下，拍拍床，「我們先聊天，好嗎？」你心底瞬間閃過一萬套劇本，所有詐騙的第一步都濾了一遍，例如：「這會不會是拖延時間的加時加錢戰術？」或「外面集團等著仙人跳衝進來抓包威脅」、「吐露悲慘身世刮去所有小費的戰略」。似乎是看出你的疑惑，「我習慣先聊一聊再做，不然感覺很怪。」小丸子說。

這才讓你稍微放下心。

一開始，你們先交換彼此是哪裡人。小丸子說自己來自越南的南越地區，地點比較鄉下，爸媽都還在，但早期經濟主力是媽媽，家裡卻有八個小孩要養，因此只要小孩稍長一些，最晚約十到十二歲左右，就會到周邊的工作場所打工，用以支應家中開支。對她的家庭來說，太多的小孩不是負累，而是潛在的勞動力，只需生養個數年就能開啟新的經濟供應，以時間、勞力換取金錢，多線發展。因此她對臺灣人能讀相對久的書再出去工作，感到新鮮，也覺得羨慕。

交換身世，無論是真是假，小丸子有自己的一套流程，不止於辦事拿錢，更希望建立自己的人脈網，找到安全穩定的固定客戶。「我們去洗澡吧！」一面牽起你的手，一面往浴室走去。在論壇上，這個環節稱為「殘廢澡」或稱「殘澡」，意思是客戶有如殘廢一般，由小姐幫忙服務洗澡，上沐浴乳，搓出泡沫，將重點部位掏洗過一次，也算是檢查對方有無明顯的性病，以及盡可能地把對方私密處清潔乾淨，降低自己被細菌感染的風險。表面以情趣為考量，實質是職業需求的降險手段。

小丸子扳開熱水，過一陣，用手試試溫度，後淋到你身上，問：「這溫度可以嗎？」多像髮型店的洗頭環節，原來這般的消費與服務，也與日常各行各業無異，如此相似。

水流過彼此身體，聲響滴落如雨，之前的交談在此刻只餘靜默，你放鬆四肢，任憑泡沫在身上搓開。手掌指腹的觸感在周身游移，你想起的不是肉身情色，是彷彿回到童年幼體，雙親為你清潔身軀。氤氳的水氣散在燈光裡，記憶與現實拉開差距，你不由得閉上眼，感覺身體正不斷變小，回到最幼最幼的那個童年，像一個孩子接受父母的清潔，而她的指掌沾著大量泡沫，仔細套弄清洗陰莖，情慾卻逆轉著感官變大膨脹。縮小與變大，兩股相反的力量同時施加，水聲紛然滴落，如幻在半夢半醒中，此刻，你只是一個情慾高漲的幼兒。

洗完，做完，還有時間，兩人躺平於床。交換了彼此的Line，明知小姐不可私約，卻仍期盼偶爾的訊息聊天，你想想，也就是因為身分建構了，更形象化了，更類似於朋友，小丸子即成為一個日常之人，如常之友。

「喝點水吧！」小丸子將飯店附的礦泉水拿給你。

渴了就飲，餓了即食。外送茶的涵義，透過外送至指定地點解渴，客戶喝下種種顏色的茶，並非平淡無奇的水。但在做完的當下，沒有比水更解渴的事物了，慾望逐漸消失後，理性回歸，時間也已消耗殆盡，馬伕打來確認是否完事，就匆匆送走了她，是流得來的茶，也是留不住的水。之後，你們陸陸續續有所聯繫，你向她說正在寫一本有關風化產業的書，她表示樂意提供訊息，只是要隱去人名，消除蹤跡。後續的聊天，更像是一場場訪談，原先陳列於群組裡扁平的茶訊，彷若一個個虛擬立體投影浮出介面，每回對答，都更理解她的喜怒哀樂愛惡懼一點。

就在日常閒聊的某一天，小丸子說：「有個富商想包養我，以後說不定就不用再做這行啦，滿開心的。」後再附上一枚歡欣鼓舞的表情符號，愉悅的氣息穿過螢幕都能被感染。你們談到後續，她表示富商是國內某中小企業主，佔有慾強，也許接受包養後就不能再聯絡了。「那包養結束之後呢？有什麼打算？」你問。正如每個遺憾，都有一個甜美的來歷，小丸子背後的理想世界，與大多數人差異不大，無非是存夠錢，回到老家，買好房，投資一兩個當地產業，與父母家人過上舒適的日子。

「其實，我就像水一樣，到哪裡都可以生存，流到哪裡算哪裡囉！只是放心不下家人。」她這麼比喻著自己。

過後幾天，她在Line上的頭像果然暗了去，發出訊息也不再有回音，彷彿對著空谷喊話，聲音卻傳不回來，那時你知道，她的生活已有了著落，此地暗去的光芒終將在另一處亮起，心底替她開心。

又過了約半年，你依舊在「真男人的好朋友」群組上瀏覽，茶莊又推出新人，正廣告播送過來。仔細一看，才發現眼前圖像，不正是半年前不做了的小丸子嗎？只是換了個名字，叫做小兔，難道富商的包養已經結束？又回到這個場域來？如果是她，為何沒有聯繫你？帶著疑問，你向茶莊聯絡下了單，依約開好旅館房間，既希望是她，又多麼希望不是她。

等待著，飯店聽不見喀喀鞋音，無從判斷由遠至近的腳步，只能待電鈴響起，打開門，才能將所有的猜想落實。不久後，一如過往的「叮咚！」傳來，你忐忑走向門口，解開門鎖，壓下門把，門外人影隨著隙縫，一點點的開啟。看見小兔才半張臉，你忽然想，人生若只如初見，那何妨就當是初見。她走進門，一股尷尬靜默瀰散，短短數秒，雖無言語，卻知道彼此的言語。「是你。」如今化名為小兔的小丸子先開口，你心裡頓時充滿一種，像麥麩餅乾被泡進牛奶裡，飽脹柔軟而崩解的溢散感。

「到這邊坐下來吧！」小丸子一如往常走到床邊，拍拍床墊，邀你一起。

你坐下，知道她將要說一個很長，很長的故事。聽她說起富商的多重包養體系，人換過又換，膩了就轉向，正宮干預就切割，能讓他們果斷放棄的事物，太多了。你聽著細節，這些故事中的權力結構、臉孔都太相似，早被連續劇演了又演，在電視中複習過，直至這個故事貼到你眼前，才驚覺眼前人亦是劇中人。

後走向浴室洗澡，她仍滔滔說著，你可以看見她心底的在意和傷害。一直到你擦乾後先躺在床，靜默下來，她褪掉浴巾，凝視你，肉體曲如流水，將你肌膚一寸寸舔舐，在你耳邊輕聲說：「他說我就像是水一樣，沒有特色。」挑逗中有怨，怨出身與蜿蜒的命運，怨自己隨時可棄可替。她坐上來，準備將你放入，在那一刻，你多想告訴她，水不會受傷，不要受傷，即使只是水，也有不同的味道，有一些水，總會有苦後的甜美。

輯三、流鶯：巷弄裡的飛翔

〈牆壁裡的巨人〉

在漫畫《進擊的巨人》中，主角生活的地區，由三道極為高大的城牆圍起來，以抵禦牆外的侵襲，但這些由磚瓦鋪上的城牆內裡，實際上站著一尊又一尊更為高大的巨人，形成牆體的內在結構，磚瓦覆上身體的外層，沒人知道他們一直站在那裡，默默守護。

你闔上漫畫，想起有些人，終其一生，也就把自己站成一尊巨人，一堵牆。

彼時，你已走過西昌街幾十遍，地磚步道上的汙泥分布都了然於心，口香糖落點一如貼上黑色膏藥，散補著這條街路的瘡口。訪談過幾位流動的性工作者，她們知道有人在探詢，在收集資料，做一個她們就身在其中的研究，你的形象也於市街流傳開來，她們都稱你做研究的「學生仔」。

街上站著誰，你大抵已經了解，眾人有各自的位置，星羅棋布著兩條騎樓道路。哪天若誰沒來，鄰近姊妹探聽留意，多能互相支援，有些是暫時病了，而有些則是走了，空下的位置餘下宇宙背景的黑，在街坊姊妹的眼中，即使白日烈照之下，那個之前的位置，仍蒙上一層灰撲撲的人影。有一個角落，常年站立著當中年齡最大的，見得最多，看盡人們來了又走，走了又來，她們稱她為阿嬤。

她就站在邊上的一條小巷的入口。

背景黑壓壓的，從她背後延伸過來，她立在那裡，臉妝容白底紅腮，像一則彩色剪紙剪下的紙人偶，貼在黝黑的背景上。你靠過去，眼神接通，表明來意，阿嬤遲疑著沒有開口回應，也許是年紀讓她的思緒緩了，也許是見過太多外表貌似善意，內心卻心懷不軌的人。畢竟這裡龍蛇混雜，形色各異，像你這樣的「學生仔」最為可疑，你趕緊拿出學生證給她看，手邊夾著兩千塊，要阿嬤先收下，她慢悠悠的接過手，嘴裡咕噥著語意不明的單詞，好一會，才向你說：「行，來去。」

一轉身就往後面那片黝暗走去，你倆背著光，走到小巷弄的深處，直到阿嬤將尾端裡的一間大門打開。裡面是由一間間木板隔起的簡陋雅房，衛浴由一整排居住者共用，極簡極陋，暗不見光，你以為巷弄裡已是黑暗，但總有一處更暗的所在，棲在角落蟄伏，等著人們走進去。

雅房裡只有一張床，一組桌椅，其餘空間堆積著，上頭一盞日光大燈似乎是壞的，唯一的光源只有牆上插座安上的小夜燈，顏色昏黃近紅。阿嬤坐下來，開口：「你欲問啥？」你這才打開手機的錄音模式，自我介紹並再次表明來意後，請阿嬤說說從過去到現在幾個值得記憶的事件。昏紅的光源與手機微亮熒白，將這個窄仄的空間壓縮得更為緊迫，光源外的角落堆放著生活的痕跡。阿嬤把回憶拉到更久更久之前，「我自細漢是童養媳。」，從她最年輕時開始說起，彷彿這一條線的源頭已被她確定了無數次，現今的一切，就是自此而始。

她從小就被親生父母賣給另一戶人家，一直以人家中男孩之妻的身分給養著，婚姻宿命在年幼就已訂下，即使還沒有法律上的名分，她也早已確定男孩是未來的丈夫。「命啦！」丈夫那端經濟地位較高，在長成之後又娶了二房，而她的任務就是打理公婆日常大小事宜、操持家務，沒有多餘的技能，以顧好本家為核心，都說感情是培養來的，她與丈夫也有那麼些情感基礎。從童年長成，還沒見過外面的世界，就先把一顆心掛在對方身上，可對對方來說，阿嬤只是一個必然的選項，外邊的世界，還有更多無限的選擇與可能。這點道理，阿嬤心知也理解，只是，阿嬤在這時懷上了孩子，她每晚睡前都暗自猜想，有了小孩，也許可以讓傾斜到二房那裡的重心，分一點到自己身上，只為求一點關注。

但對方並不這麼想。

產下孩子之後，公婆雖然還算公平，待她公道，但要忙碌的事情是更多了，而丈夫的注意與愛，仍在二房的身上，沒有絲毫轉移，即使有，那也是轉移到阿嬤甫出生的兒子身上，彷彿自己只是被借來借去的物。「彼一天，我跟他因為一件事情冤家。」

「我身體不舒服，叫二房去幫我洗衣，她有去做，但就是不情不願，等我𪜶回來去告狀，結果我𪜶找我冤家，我就氣到，雜細款款到皮箱裡面，囡仔揹著就出去，打算來去旅社住一兩暝。」阿嬤本想透過出走的方式，喚起公婆為雙方仲裁。不知是福是禍，就在阿嬤出走的隔天，丈夫家中竟在深夜發生火災，連同公婆、丈夫、二房，都沒能來得及逃出，失了人命，本來稍有經濟底子的夫家，一夕之間成了焦土，只餘下她和出生不到三個月的兒子。

「你看，這是不是命？」阿嬤說。

沒等回答，阿嬤繼續說。後來，旅社頭家看我可憐，根本也分無財產，只知道揹著囡仔一直哭，索性就問阿嬤：「我有頭路介紹予你，你聽聽看要不要？」需要錢、需要生活、需要養育，外邊世界的門不是一寸寸慢慢張開，而是一鼓作氣轟然打開，那些戲劇裡看過的，複雜的選擇，都在剎那湧入。也許是頭昏了，人消沉了，一無所有了，想過去死。她看看身邊躺著的幼兒，又忽然覺得有什麼要她繼續活下去。

旅社老闆介紹給她一份站街的工作，跟地方道上的人脈打過招呼，換得一個位置，旅社出兩間房給她，一間工作用，一間生活用。站街獲得的利潤，旅社要抽錢，住房則另外算，是一種有情中的無情。工作時，小孩就由旅社老闆一家幫忙照應，阿嬤算是住在這裡了，都想著是暫時的權宜之計，可做著做著，對金錢的需求仍減不下來，生活疲弊，也無暇去發展其他技能。

就這樣過去很多年，一直到小孩漸長。

阿嬤總算攢下好些錢，搬到一個像樣的租屋處。母子倆生活在一起，兒子讀完初中以後，就經由同學介紹，到工地做學徒做「土水」，沒有再繼續升學。那時的阿嬤仍在站街，雖然阿嬤沒有明說，但其實可以想像，兒子在成長過程及同儕相處中，可能遭受不少閒言閒語。從青少年追求認同，以及想解決經濟問題的心意，大概可以推測出沒有繼續讀書的原因。「伊去工地以後，一開始乖乖，後來就變了。」阿嬤說。原本寡言的兒子，學會了喝酒，往往趁著幾分醉意，一反沉默的性格，似要把這十數年來的不甘和埋怨訴盡，有酒如鑰，解了原先緊守的話匣，怨恨天地、怨恨父母、怨恨自己沒有選擇，這時的話總是傷人，往往在一次又一次的爭論中，把溫和馴順的性格磨損殆盡。

不知是從哪次開始，兒子不再去工地上班，土水師傅還沒出師，就轉作他行，到附近的酒店做圍事小弟。有人帶頭，賺錢快、生意輕鬆，只是上面若出了事，裡頭偶爾需要有人去警察局頂罪，靠地方勢力很快又會被保出來。漸漸的，寡言溫順的性格變了，即使沒喝酒，那個沉默低調的孩子也不再回來了。「是去交到歹朋友」阿嬤說。

有一回，兒子臉上帶傷回來，阿嬤左右探問了老半天，兒子才說，「做圍事，多少會與人起爭執，加減會動手，這很正常啦。」她記得那天細心的幫兒子上藥，只有心疼，嘴上也不敢指責，畢竟自己所從事的行業，也是一個身體風險極高的工作，她記得那天倆人靜默無語，只是上藥，吃飯，休息。

一天她在街邊站著，較遠處站街的姊妹一路跑來，鞋根叩叩聲響，彷彿接力賽，一人傳過一人。「你兒子啦！快啦！」阿嬤還愣在那裡，聽到話，心裡揑緊了七、八成，「我心裡想，出代誌了。」阿嬤這麼說。消息由遠處的便衣警察傳來，請這些站街的老姊妹通知阿嬤，她兒子在一場圍事糾紛中參與鬥毆，混亂間有人持有棍棒，她兒子頭部遭到襲擊，一時沒站穩，顛顛倒倒，又去給路上的撞到，現在人在醫院急救，要她趕緊去。

到了醫院，醫生表示傷勢嚴重，救回來可能也是昏迷或腦死，是否要放棄急救。那一瞬間，阿嬤多想找人商討，可自己已是這孩子唯一的直接血緣，「當初我應該去給燒死，我就沒去死了，怎可以讓這個孩子死？」心一橫，還是求醫院繼續急救，就算是植物人，養他一生都甘願。後來，人是救回了，但就如醫生判斷，呈現昏迷腦死的狀態。她看著躺在床上兒子的臉，就好像當初她決定要活下去，一旁的那一張臉，瞬間五味雜陳。

為了活，就用了好多力氣，所以怎麼能輕易死？

好一段時間，阿嬤站街的大部分利潤，都用在兒子身上，不拔管，住進呼吸照護中心，是一筆很大的開銷，幸虧道上給的理賠付了一部分。剩下的，每個月都是跟街市上的姊妹相互借款，湊合著度過。有時遇到善良的熟客，她會說出這段故事，部分人會因此多給她一些生活上的支應，有時未必是錢，僅是一些生活必需品，阿嬤都覺得難以回報了。

兒子的健康情況，時好時壞，拖了好幾年，終於在屢次反覆感染肺炎中死去。「伊死去的那天，也是同款在睡，就親像細漢，我看伊睡在我身軀邊同款。」阿嬤說這話的時候，語氣很平靜，「伊沒痛苦啦！就是睡去而已」，知道那是她安慰自己的方法，一種對生命的莫可奈何。她說，那一陣子，她不知道自己為什麼站在街上，除了還清姊妹、好友這段時日的支應，她不知道還有什麼值得她活下去。畢竟，一個人連扛起的事物都消失，到頭來，只剩她自己。

但人生總得過下去，她還有好多恩情沒有還。她記得那些人與人間的善意，在她還錢給姊妹，或是支應各種生活上問題的時候，她決定把這些人都當成自己的親人。舉凡市街上初入這行不適應的姊妹、各據點之間的糾紛協調、借款周轉的常見情形，都有她涉足提供幫助的身影，每個人都是她的家人，她既孤獨，又不是真正孤獨。

即使現在老了，看慣了人們來去，她依然站在當年旅社老闆為她提供的位置，因為她只要一直站在那裡，市街上困難的姊妹，就知道該往哪裡求助。後來，她索性將租處移到巷內的雅房，「一個人，無需要那麼大。」阿嬤說。從此落腳為市街的一部分，她日日化好妝容，站在那條黝黑的巷口，如火似炬，只有姊妹們懂得她站街的意義，一般客人經過也只覺得驚詫。

疫情後，你曾再回到那條街，看阿嬤從年輕站到老去的位置，人卻已不在，其他的小姐們也不知去向。也許很多時候，時間要抹去一個人是如此容易。但你知道，那裡曾有一個人，終其一生，把自己站成了一尊巨人，一堵牆。

〈跳舞的池中人〉

夏天將整座城市曬得凝重，甫從陰涼的捷運站體，沿手扶梯出站，宛如泅泳者浮出水面，一與地面接壤，熱氣光照淋漓，不出三、五分鐘，背脊就透出點點汗珠，順著身體弧線滑落。又來到龍山寺捷運站，走到寺廟的正對面，中間穿過艋舺公園，看老人們聚成一落落，間或討論國家大事，或下棋，或白日裡拿著塑膠杯中加點啤酒，解暑透涼，自有一套悠然的生活方式。

再往前走，就是噴水池了。

水池名為「美人照鏡池」，依照龍山寺的說法，從清朝開始，此處正是地脈中的美人穴，因此在龍山寺正前方開鑿水池，以供美人照鏡，讓地理風水護持萬華居民免受火災之苦，同時更守住地脈氣息。一百多年後，你走近看池，正逢整點時刻的水舞表演，水柱拔地而起，似具有一定的節奏升揚墜落，參差高低，水聲濺開，滿溢四周。你背脊的汗珠、老者的杯中物，隨著這十五分鐘的水舞表演，無不增加三分的沁涼感。

美人一曲舞完，收聲斂容，端坐於池前，靜靜看著水鏡中的自己，等待下一個整點，才會再起身舞蹈。噴水池一帶的產業型態，不同於西昌街左右，也不同於停車場、桂林路附近的模式。這裡的主要工作者，幾乎全為臺籍、陸籍，來自的地方雖有不同，卻有一個共通點，就是年紀較大，身材也沒有一般客戶理想中的誘人，但主要是敢玩，價格相對便宜，鎖定的客群不是外邊來的小伙子，而是群集於本地的老人們，是萬華一帶的「次要戰區」。形成了一個內在循環的經濟圈，因此雖然警察在附近的站崗時間最多，還是有固定族群在此達成協議，再前往合作的老旅店各取所需，只要不那麼明目張膽都好。

有時想，她們就是照鏡的美人吧，以肉體為舞，一曲歌完，又再回到池畔臨鏡。那天你與其中一名工作者Jojo約好，她早早就在噴水池旁，一身包裹著大紅色連身裙，緊緊縛住她的身材曲線，一眼就與其他工作者拉開差距。Jojo綁著馬尾，畫上紅唇，鋪起來的妝容都很完美，乍看以為是二十五到三十歲左右的女孩，但事實上Jojo已有四十五歲。

Jojo 的外貌在這「次要戰區」中屬於頂級，開出的價格更是三千半小時的高價，不走低價便宜路線。即使如此，想一親芳澤的客人依然不少，成了這區裡最特別的工作者。你與 Jojo 採取分時採訪的方式，將一整個訪問流程切成數次，一次以三十分鐘為限，每回與其他客人一樣付款三千。

在這裡，一切都需要計算得明明白白。畢竟，這是工作者賴以維生的時間。

而時間是不等人的，與其他人不同的是，Jojo 的工作地點並非一般合作的旅館，而是自己承租下來，內部設計別緻的公寓住家。她帶著進入以後，兩房一廳，室內的陳設雖稱不上高級，但氣氛燈、暖色系的地毯、沙發靠枕，瓷白且乾淨的家中環境，卻隱然藏著 Jojo 對自我的要求。

「有時候預約的客人太多，有些人我會先讓他在另一間等。」Jojo 說。

見你沒有回答，「而且，我這邊也需要空間放一些變裝。」Jojo 接著說。你們先在客廳坐下，她從包包裡拿出一個小型計時器，「你準備好了沒？準備好我就開始算了喔？」你連忙稱是，Jojo看出你的窘迫，說：「別在意，一般我們這行工作都會準備這個，不是要針對你。」

採訪開始，Jojo說，她本來是學舞蹈出身的，從小就熟練一套拉筋、暖身、練舞的過程，就像很多事情都需要前戲一樣，所以從舞蹈這行與跨入現在的工作，她覺得有很多共通之處。「那個時候，在臺灣跳舞以藝術舞蹈維生的人不多啦！」Jojo說。通常是從小時候開始，當作培養興趣學，陶冶性情說不定還可以，但大人會覺得這些興趣不能太過，不能太喜歡，畢竟大環境影響下，將來沒辦法靠這行吃飯。

「但我偏偏就是想靠舞蹈吃飯的那個人。」

Jojo說這句話時，一隻手用力舉起又迅即放下桌面，柔柔的手掌，沒有把桌子拍出聲響，卻反而有股氣勢和自信。「所以，人家在讀書，我在練舞；人家在看電視，我也在練舞。」自律與努力確實可以帶來一些成果，Jojo由媽媽一人撫養長大，高中畢業後，想要貼補家計，沒有再讀大學，就到了一家舞蹈教室裡應徵老師。教了一陣子後，舞蹈班的負責人說想擴張規模，但資金還不夠，遂問Jojo有沒有要一起合夥當老闆的意思，要她回去考慮幾天。

那晚下班的路上，臺北川流的燈火，每一支路燈都在為她伴舞。靠舞蹈吃飯、賺錢，這是她的夢想，她想證明靠興趣也可以成功，沒想到機會來得這麼快。只是，一個才畢業不久的人身上哪有錢，她向母親借、向朋友借、向錢莊借，盡力描繪一個夢想。但現實是，如所有故事那樣，負責人拿了錢，捲款跑了，受害者不只她一人。

一邊說，Jojo將眼神移到一旁的衣櫃，說：「來去看看舞衣吧！」

衣櫃打開，舞衣的主色調分成白色與黑色，單調俐落，沒有過多的版型設計，便於伸展躍動，各兩套，袖口鬆垮垮，線頭微微有毛邊樣，已可看出陳舊的痕跡。「這是我以前教學的時候穿的。」Jojo說。「來，你再看這些。」Jojo用手指撥開掛架，裡頭一套套學生水手制服、上班族OL制服、性感禮服、工廠員工裝、性感睡衣、仿空姐制服、護士裝、廚師裝。有一些放在箱子裡，Jojo 也一併拿出，鋪平於地板。

「你看，這套是孕婦裝。」Jojo 說，曾經是特殊癖好的客人，買來給她，並在腹部安上假肚，要她穿著這套衣服服務。「我本來除了跳舞之外，就是想當演員，本來以為可以在電視上當，沒想到是在這邊演過好幾種職業。」她邊說邊笑。她說她把各行各業，人生百態，都演過一遍，但人一旦褪下制服與外貌，裡頭的骨血與情感還是相同的，出生與死亡，終要裸著來，裸著去。

Jojo 認為「有變裝才有市場。」如果只是一套衣服，只能勾起普通而一般的慾望，客人為追求新鮮，很快就會再轉往與其他工作者消費。但變裝不只能開創新客戶，更能創造穩定客流，客人想要的，現實生活中慾望著的，這裡都能一次給你。有好幾次，不同的客人，在她穿上指定的變裝後，在性愛中呼喚著不知是誰的名字，「我猜應該是他們現實生活中想要的人吧。」Jojo 說。

至此你終於理解，為何 Jojo 能開出高於市場的價位而不怕競爭。「那後來怎麼會從舞蹈轉到這行？」你問。Jojo才停止拿出一套套衣服的動作，站在衣櫃前停了半晌。

「一開始還沒有，但是為了還債務，我也是去做別的工作，但還錢的速度真的太慢了，當時我就想，慢慢還沒關係，一口氣在就還可以東山再起。」但世事不盡如人意，家中因負債而脆弱的經濟結構，使得母親也加碼接了更多的工作，清晨四點就起來送報紙，只為家中唯一的愛女。

就在日復一日的辛苦勞作中，母親在清晨送報的途中發生車禍，導致下肢無力，坐上輪椅，很難再提供經濟支援。更使得Jojo面臨手術、醫藥費，還有後續龐大的照護費用與心力。只好靠著朋友介紹，在噴水池旁佔得一席之地，仔細規畫過市場區隔、競爭模式，最後就是現在眼前所見。

「有些人會覺得我在騙人，說來這邊工作的小姐身世都差不多。」Jojo說。

「我都跟客人說，我跳一支舞證明給你看就知道。」說完。Jojo取起衣櫃裡的舞衣，要你先到客廳等她換好。她來到你眼前，穿著舞衣，神情肅穆，先優雅地向你鞠躬并彎下極低的腰身。隨即兩臂展起，腳步左右交替，上身半旋非旋，臂長像訓練有素的楊柳枝條，如風似火的跳起森巴舞。沒有音樂伴奏，她的身體就是音樂，就是井然有序的快節奏。她的身型動作越來越快，在你預期即將到達高點的時候，又肅然慢了下來，踮起腳尖，上身低沉為一隻天鵝芭蕾。

Jojo的身軀有緻如鵝首，慢慢的低垂下來，直至停止。你相信這就是苦練後的成果，她把一切經歷，都藏在舞蹈裡面了。那天採訪結束，你走回噴水池，又遇上整點的水舞。遂在池邊細細觀賞，想不幸的人大抵類似，但生活總有一條出路，沒有太多的埋怨，Jojo只是接受她的命運，她的生活。不久後，你看見Jojo也回到廣場上繼續站點，池水流動噴濺，她是與水共舞的天鵝，也是池旁日日對著命運梳妝、照鏡的美人。

〈沒有車的停車場〉

九點到十一點。

時候尚早，還是早上九點，捷運站剛吞吐完上班人潮，闔口開合，一如齒牙，奮力咀嚼著城市裡的人流，悠遊卡刷過，一嗶一響，一響一人，人是海是浪，闔口咂咂吃食，消化後都湧散到城市各處，成為循環的養分，各有其滋養的部位。人潮方才散去，你跟著剩餘的流向，搭到龍山寺站，惦記著前一晚阿川跟你說的訊息，三號出口，手扶梯上來後右轉，穿越公園的邊側，到龍山寺的正對面，噴水池前會合。你搭上長長的手扶梯，運送的軌帶如常，將你絞上忐忑的街，一出口，公園裡老人們聚集，見他們多在亭下擺著棋盤，出將入相，一旁觀棋人將對弈者圍攏，手裡抓著幾個銅板插賭。或攤開報紙，點根菸，塑膠即用杯裡，維士比透點啤酒，小酌中對坐著，看紙上新聞講起國家大事。流浪者夜裡用的被褥，都放置一旁收好捲起，人卻不見，彷彿天光以後，蜷縮在暗角裡的不堪，也要退行，退到人們都看不見的，另一個角落。

聚集於此的人們，也是人潮流動後所滋養著的，城市的某個部位。

池中噴水此起彼落，大小水柱升降，頂上水花如蓋，水柱如椽，錯落成一座座一閃即逝的宮殿。你正迎上美人照鏡池早上九點的表演，整點開始，一次十五分鐘，揚起又落下的水聲，一如起起落落的心跳，更似人們噴薄的慾望。此時，阿川來了，今日一整天，他將跟你一同探尋那座「沒有停車的停車場」。

多像一則鬼故事，人人都說它存在，卻沒人敢說自己真正遇過。

時候雖然還早，龍山寺的正面大門，人如水珠，滴滴從兩側滲透入內，阿川和你站在對面的噴水池，他遠遠對著廟門雙手合十拜下，拍拍你的肩膀，示意你也拜一下，好像大學時的夜遊，總先到附近的土地公廟求取平安，後再摸著黑黑的山路前進。但這次是另一種遊，你也雙手合十，向寺內微微致意，阿川隨後說聲：「走吧，我帶你逛一輪。」無病無痛，這就是少年時欲去打拚。

阿川帶你沿著水池周圍開始繞起，邊走邊說，池畔有三三兩兩的中年左右的女人，一概短裙、濃妝、不拍照不打卡，持續在水池邊隨意晃蕩三十分鐘以上，一眼望去即知非觀光客，也非來寺廟燒香禮佛，偶爾跟四周老人小聲的說話，交換著浮動的祕密，有時有人帶她們離開，但大多數的時候沒有，沒有人帶走她們。阿川說，噴水池一帶是臺籍中年流鶯的營業區域，在萬華，大家都各有各的勢力地盤，營業和收費方式也有所不同，噴水池大約是一千二到一千五的價，談好價格後，會帶到附近巷內的小旅社，房間錢小姐已經預付好，客人不必再多繳，一次十五分鐘，主要客群是老人，不接酒客、吸毒者。

阿川說著，這還只是初始，我們再往前面走過去。我們走向西昌街的地藏廟，街旁營運吃食的攤販，已從鍋裡熬出一大片熱氣白煙，彷若幻變的仙術，阿川和你一起撥過日常世界的白煙，通道在霧後，如簾如幕揭了開來，沿著地藏廟旁的小巷走進去，那裡有另一個世界。進入後，左側道路還掛著青草巷的陳舊招牌，右側金爐催煙上升，道路是夾在祈願與生活裡的裂縫，而其中有種子隨風吹落於此，在縫裡生根發芽，只憑每日的風霜雨露掙扎求生。這裡，也站著較老的流鶯三兩，時候還很早，她們通常各自交談，交換身世與日常。

然而停車場還沒到，阿川帶著你繼續深入，走入更深的隙，右邊一轉，即是人稱佛具巷。狹窄到僅可容人的小巷，則不知會通往何方極樂，畢竟在此，佛只是具，而你仍是人身。穿行入巷，發現此處有更多與你年紀相仿的人，一張椅子拉了便坐，無客人光顧時，便聊天，雙腿一併，熱衣短褲，機車腳架一立，屁股貼上坐墊，微微曲身。見有人來，則現出更撩人的姿態，都說佛教塑像有犍陀羅風格，身型圓潤飽滿，卻又恰到好處，刻出線條，通體柔態，信眾跪拜，求的都是生活。

「你看一看。」，阿川說，這裡年齡多是二十五到三十左右的女人，統一價位，一千五百元，十五分鐘，帶到巷弄裡面有間狀似廢墟的樓中去辦事，房間衛生條件不好，設備簡陋，無淋浴沖洗，辦事前只用濕紙巾擦過重要部位，就權充消毒了，戴上套，十五分鐘快餐，只適合解火。阿川熟門熟路，對著我看了一下，再補充道：「但這個時間的妹還不是最好的。」走快一點，我們就要到停車場了。走到巷口，只見一旁有間佛具店，你終於明白這裡稱為佛具巷的原因。再左轉往前行，一路越過按摩店的小姐招手，曲徑通幽，都說做大事者，不能被路旁的小利迷惑，阿川直往目標，腳步停在一間機械行前，示意我左轉入內，初極狹，纔通人。復前行，欲窮防火巷。巷盡路底，夾岸有壁。路有小口，彷彿若有光，從口入，停車場到了。

往左一看，先是一塊空地，空地盡頭一道鐵捲門，卻沒有人會把車停到這裡。往右一看，你有些失望，一間老式KTV，外頭或站或坐，聚集一些大約二十到三十歲以內的女子，人數不多。阿川說，就是這裡，只是現在時間還很早，往左邊走去，小姐們看著你倆，在對上眼時，向你微微一笑，你低頭跟著阿川，心底有點不好意思，左邊的路走到底，有置放著三具洗衣機，一旁屋簷下，擺了張棋桌，桌上放了幾杯酒，看顧小姐的老雞頭們坐在那裡玩著撲克。越過桌子，屋與屋之間有一個更細小的巷，不見天日，完全僅容一人，阿川說，等到晚上，停車場這一帶，包括這條暗道，將會非常熱鬧。停車場裡面的暗道是中國籍的地盤，談好價錢後就帶往暗道裡的房間，外邊是混合國種，大多以東南亞為主，看對眼了，就帶到鑽石大樓裡面的臨時房間辦事。

只是在這時間，景色都還很冷清，阿川說趁還沒有人的時候來「巡」一遍，比較不會造成人家做生意的困擾，我們穿過暗道，又接回剛剛的西昌街。他說，附近找個地方吃東西，到晚上，停車場的空地，即將有另一個特殊現象，空地裡將聚滿「只看不花的男人們」。你怔怔然，沒多問什麼，阿川只接了一句：「你拭目以待。」

晚間七點到九點。

日夜如潮汐交替，天暗了下來，捷運站釋出大量人潮，原先被定在工作場合的人們，有一部分來到這裡，滲進暗巷窄道，像沿著壁磚裂隙生長的霉，人潮開始匯入這座城市的暗角。你與阿川重新回到停車場，順著早上的路，原先就陰暗的窄巷裡，前前後後，人們如鬼影閃現。或低首前行，或挺了胸膛理直氣壯地走，或面戴口罩，遮遮掩掩而來，最終都匯集在停車場的空地處，聚成一團形貌各異的人，外相千差萬別，內裡卻有同樣的慾。

百鬼正要夜行，慶典就快開始。

右邊，停車場的空地匯足人流，清一色男性。左邊，也站來自東南亞的女孩們。無論髮長髮短，環肥燕瘦，眾人皆妝容完整，胸衣裡多塞些厚實的墊子，將嫩白的上胸拱出一道道深縫。腿長腿短，裙都要都在大腿以上，一如我們在海岸旁捲起的褲袖，而她們也對著海，眼前有一片凝視她們的慾海。兩軍對峙，偶有勇者看了個夠，挑好對象，眾目睽睽下趨前，走到中意的小姐面前，雙方手比一、五，再將食指與拇指圈個OK，就帶往一旁鑽石大樓裡。一幅幅巧笑與美目般的畫中人，是《聊齋》中的鬼魄與狐仙勾人，攝去人魂，停車場裡沒有車，但有自己的夜晚，自己的風景。

你與阿川站在人群中，看著眼前一切，想這些男子入夜方現身，從陰影暗角中竄出，後又再回到夜色裡，與暗了的都市融成一片，如鬼影閃出閃入，在停車場空地聚成一根飽漲充血的陽具，摩天大樓般直直立起，他們沒有面目，也許他們各有家庭、有小孩、有女友，但此刻，他們只是夜行之鬼，遠方路燈照來的光，都被投射成覆蓋在女子臉上的陰影。但那些女子則如老僧入定，眼前暗影再大，暴漲的青筋再粗，都能抱以一個平和的微笑，風將她們吹入城市的裂隙，裂隙裡有土，有塵埃，上頭有風霜雨雪，那就姑且在這細縫裡生根發芽，被慾海之水澆灌，開出一朵朵縫中之花。

夜中鬼，縫中花。

阿川拍了你一下，說：「你去找一個。」於是你也將成鬼，也要一摘縫中之花。看者與被看者，相互成一個局，她解他之慾，他施予她所欲，此刻的暗夜裡，我們都是飄盪在這城市裡的鬼。成鬼了，就揣懷著兩顆暗霧霧的瞳仁搜尋，你瞧見一位低胸的女子，外頭罩了件小外套，連身洋裝露出長腿，由腳底套上黑絲襪至大腿膝上，與連身的裙擺保持著一小段距離，一腿兩截，鮮嫩肉色與淡黑透膚組成，套上小外套的上身，雖顯不出腰來，卻能從束緊的臂膀判斷其輕重，黑色微染長髮，搭配完整的妝容，掩不去她年輕的面孔，萬千人海裡，你看上她，沒有早一步，也沒有晚一步，只是當你走到她面前開口詢價時，你們並不會驚訝彼此為什麼也在這裡，只是理所當然，沒有訝異，沒有悵然，自自然然，天理即人欲，你比出一、五，她點點頭，就將你領上鑽石大樓的房間。

進了房，同樣是十五分鐘一千五，換算下來是一分鐘一百。房間由民宅公寓改成，多是原先的住戶搬離，將寓所內部隔成一間間，出租給短期來臺或長期在此工作的小姐們。房間較為高級，但房裡的日曆卻停留在二〇〇九年，桌上擺了些公仔，牆上壁貼還印著「Love & Live Dream」，那是前一個人家的生活痕跡，隨著市鎮的老舊，人已去，只留下房屋軀殼，你與小姐更像是暫時來此寄體的魂。小姐要你先去浴室裡沖沖身體，你褪盡一身衣物，裸裎於陌生之地，正開了蓮蓬頭，唰唰然，水由冷轉熱，正要沖向身體，但見浴室門把一轉，小姐也裸身旋進這小浴間，笑著用嗑嗑絆絆的中文說：「一起洗。」

你快速將身上的泡沫沖去，見了小姐的裸身，卻好像沒有太大的慾望，因為太日常，太親切，少了遮遮掩掩的神祕，縱有浴間霧氣的氤氳，也還是把肉身看得太清晰，太細節，會連同把慾念也看得淡了。小姐從厚厚一疊毛巾中抽出兩條，將其中一條交到你手上，說：「我們互相擦乾」，隨後就拿起你的手往自己身上抹，並同時拿起她的巾條擦拭著你的身體，彼此擦乾，人人都說外面花會得病，會髒，但此刻，她在你眼中是乾淨的，你在她手中也是乾淨的，彼此清淨不潔之身，如拭去金雕佛像上的灰，水珠朗朗映光，身子光潔流利。

你躺好，小姐從包包裡拿出計時器，十五分鐘開始倒數，戴好套子。從此時開始，你是鬼，她是鬼，你們路上相逢不再相識，不可相識。

你將身體的一部分放入，她將身體的一部分交出，或是反過來，你們都在交出，你們都在放入。你下體頂著充血的肉身，在她的體內摩擦，壁上的舊日曆還在二〇〇九年的某一天，我們進入他人的房，用他人的軀殼做愛，前一個主人是誰已經不重要，重要的是，此刻我們都是借體重生的魂，截下生命裡至愛的十五分鐘，只活這一刻。

十五分鐘後，你抽出自己，她完整自己。她送你離開房間，離開他人之身，重返自體之魂，離魂離身，你又重入輪迴，成為原來的自己。以還陽後的肉體走下樓，出細巷前，回頭看一眼停車場，夜還很長，慶典正方興未艾，群鬼歡騰，當過一次鬼，你才能是個完整的人。你走回與阿川約好會面的噴水池前，遠方阿川正在水池旁抽著菸，而池中的水已乾枯不流，一如噴發後逐漸稀薄的慾望，淡淡然，慢慢往底部的排水口吸了去。寺廟還亮著，流浪者已返歸公園，用棉被將自己捲起，露出一雙雙龜裂的腳踝，一如這座城市的裂隙，隙裡爬滿蔓生的黝暗，那是與地面接觸的肉身，裂了開，汙塵湧進，看似最低，卻是人身賴以行走的基礎，你踏著步伐靠近，每走一步，多靠近一點，你好像能看見，這座城市從腳底的縫隙裡，開出一朵朵嬌豔的蓮華。

輯四、個工：兩小時的歸人

〈東方裡的西方〉

個人工作室，簡稱「個工」，以個人為主要經營者。真正的個工，不同於集團把持的模式，打的是個人戰而非團體戰，也不同於單人站街的服務，個工有自己的租屋地點、線上宣傳，不需要自己站街，拋頭露面的事情只在網上，偶爾會留下一支聯絡用電話，若從顧客角度來看，與站街者相較，則沒有太多實體挑選的樂趣。服務內容必然包括按摩，按後要半要全，則依個工的心情和顧客願意加碼多少而定。

你打開網頁，尋找個工訊息的集散地，早期多是在K論壇放置消息，後來上了新聞，該論壇大加整治，真正個工的廣告資訊，都被一層層發文機制洗了去，只留下詐騙或釣魚訊息，偽裝成個工或外送茶，剝乾還沒跟上消息的顧客們。真正的個工們紛紛轉移陣地，以另一個論壇為新的國度，並建立一套新的術語與運作制度。

正好，新論壇的名稱就是某個歐洲國家，人們稱之為「東歐論壇」。

輔進到網頁裡，一整張的表列連圖帶文，包括最新上架、現在有空、現在最熱門等，以時間為經，點閱率為緯，誰有最煽動的圖片和資訊，標記出論壇裡的排行前十。另又可依地區切分換算，推播出該縣市熱門前幾名，彷彿來到傳說中妖魅們的市集，明明靜默無聲，卻掛滿絢爛琳瑯的資訊。但即使在這裡，還是混雜著不少的詐騙訊息，畢竟人流就是錢流，進了暗中交易的市集，能否分辨真假，除了全靠經驗碰壁、踩雷之外，還有一些簡單的分辨方法。

要找到真正的個工，首先要看打出來的頁面資訊裡，是否留下手機號碼，如果只有Line帳號，那八成是集團經營或詐騙訊息。其次，要看對方是否寫下明確的時間和價錢，不能只有模糊的「哥哥想要的我全都有。」畢竟是生意，個工也會希望交易的價目清清楚楚，免得事後糾紛。再來，就是點進發文帳號裡，看看發文者是否都在同一個地區服務，真正的個工地點是固定的，如果短期內從臺中換到臺北，臺北換到屏東，那百分之百是詐騙集團。最後，建議大家辨好帳號，可以看下方的回文，雖然有時候會有假帳號留好評，但同樣也可以點入回文者的帳號看他的發文，是不是真心實意的品評者，若是的話，這些回文者會有自己的心得網誌，透過這些紀錄，就能夠知道回文者是不是夠「內行」，或只是單純詐騙帳號洗評論。

按照上面的方法，你一一過濾，找到幾個符合條件的，心底怕是詐騙，又再將一干暱稱丟往 Google 搜索，反覆確認過千百次，終於選定一位叫「妍妍」的個工。她的分類在中山區，貌似新人剛上架，底下有零星的回覆，有點像詐騙或集團經營，但又有些不像。你鼓起勇氣拿起電話，播通號碼，對方接了，很快傳來一陣不流利的中文口音，電話中給了你大略地點，要你到那個醒目地標後再打給她。幾經周折，到了她的所在大樓，一樓警衛無視你逕行而入，按指示上樓，押響門鈴，她打開門，「你就是剛剛打給我的吧！」。

妍妍體格嬌小，看起來很年輕，來自越南，憑著到臺灣來前學的中文，磕磕絆絆的勉強對話。房間是簡單的小格局套房，大樓雖然老舊，但可以看出妍妍在這裡的布置，以及其生活的痕跡。直到此刻，你才鬆一口氣，確定她不是詐騙集團。她說自己才剛到臺灣不久，想趁年輕多轉轉看看，夢裡的臺灣很繁華，事情很多，只要存下一筆小資金，很快就可以當作創業的成本，然後實現她的夢想，而快速存錢的方法，就是靠個工這行。

你聽得一愣愣，這不就是早期美國夢的說詞換了一套，成了臺灣夢。可你生活於此，卻感到有時連作夢都難，但也許換了視角，自己的困難有時竟是他人的夢想。

也許是年齡相近，你和妍妍很聊得來，遂當起她的中文練習對象。

你們不只交易，也交流。聊生活的瑣碎，以及對未來的想像，妍妍的出身如所有的故事一樣，財富貧乏，父母生下眾多子女，長了大些就各奔東西，或是留在當地從事勞動，整座村裡人的命運，一眼就能望到底。但她不想這樣，所以用了鑽漏洞的方式來到臺灣，這個產業周折百回，層層剝屑，只是為了在這裡，就押上了她在此之前存下的所有錢。所以，好好努力工作，趁年華未老，成名趁早，賺錢也要趁早。漸漸的，你對妍妍不是只有單純的交易，有時她撥空會打來，說今天哪個顧客弄痛她，或是哪個不知名的人士，又在頁面底下回了負面評論，她很怕影響生意。

你也只好多開幾個帳號，分別過去把負評洗掉。或是她初來乍到，有些電器用品的規格看不懂，只好託你幫忙買，幾次交易，都是你一手拎著消夜，一手提著裝了生活用品的袋子，勉勉強強按下門鈴。很多時候，妍妍在你眼中，就單純是一個需要幫助的異鄉人，而不是慾望的交易物。但每次相會的時間總是太短暫，為了想延長相處的時間，思來想去，才向妍妍提出包她一個晚上的提議。你設想，在這個產業底下，延長相處的願望，也大概只能以這行的術語進行討論。她愣了半晌，馬上否決提議，不斷說你傻，那要很多錢啊，想要延長可以不要用這樣的方式。直到她的回應，才明白真正被這個產業同化的人是自己，不是她。

你們約好空出一整天，當天預計到處走走，了解臺北。她走到幾間知名的衣物用品店，不斷更替造型，要你品評是否好看。你看著她，每換一套新造型走出試衣間，就好像一個新的人，從她的笑容可以看出，她是真的開心，在享受這座城市。晚間，她想試試臺灣料理，就到處品嘗臺灣本土小吃，直到兩人都筋疲力竭，你才送她回到住處。離開前，她給了你一個擁抱，沒有交易，可交流卻比之前更深了。

幾天後，你在工作之餘去刷了妍妍的頁面，幫她看是不是還有負評，好讓自己可以幫她洗掉。點開後，妍妍生意是更穩定了，好評更多了，大家也相互把心得留在回應區。

但當你看見「故意大力X她，她會發出低沉的哀鳴聲」、「看到就好興奮想試試看」、「可以強迫她玩特別的姿勢」、「抓她的頭髮聲音會更好聽」等近似暴力與性愛交織成的描述語，心底一陣酸，那天以後，你再也再也無法看下去，不主動去點開，即使妍妍要你幫忙看一下，對其他人的留言，也只是快速掠過，告訴她一切沒問題，因為你知道，自己對妍妍，已經不是單純的交易關係了。

一天，妍妍央求你，又有人一些人寫了負評，客人這段時間也越來越少，能不能幫她上去再洗一輪回應。你只得應承下來，勉強自己登入那一個又一個的帳號，描述各種不同美好的性愛場景，勾絞那些男人們的慾望，彷彿自己是無數顧客的集合化身，盡力陳述她的好，她的美和善良。虛假的紀錄，卻是真實的心情，那些好，只有你自己知道。把真實的告白，藏在虛假的回文裡，期盼有朝一日，有誰可以解出真實涵義，也許就有這麼個人，直淺的指出「這個假帳號是什麼評論，根本是告白文吧？」，道破心裡的矛盾與苦澀。但這裡是歐洲論壇，是市場交易，不會有人在乎這些，你也只能靜靜地坐在電腦前，把好評一篇篇寫完，為她鋪開通往夢想的道路。

〈燕去燕返〉

《自然百科》：「燕子每年的遷徙路線都是固定的，甚至會回到舊巢居住。」

燕子和人一樣，都有固定的家，雖然成長過程中會遷徙移動，但牠們總會回到舊的居住地，我們稱為飛燕還巢。這則生物習性，大家都能記得燕子能以家為端點，但卻忘了燕子還家前，那些經歷過的地點、住過的區域，家鄉與外地，似乎總有一處需要捨離。

妍妍的身軀，正如燕子，流線有致，小巧卻比例完整，胸部挺起一如燕腹飽滿，兩臂削瘦，正修飾著凹入的腰身。她全裸躺在床上，身上只以涼被覆蓋，口中還喘出微微香氣，皮膚裡滲出剛剛激烈做愛後懸掛的汗珠。你也躺在一旁，通常這時，妍妍早呼喚你一起來洗澡，但她依然攤平在床上，一股異樣的氣氛瀰散開來。

她臥在床上好久，才對你說：「我馬上就要回國了。」她一面起身，身體似逐漸失去動力源的打鼓玩偶，動作緩慢，髮絲慵懶。此時你也陷入靜默，思考那個「回國」的意思是什麼。見你沒有回話，妍妍下床往冰箱走去，你看著她一絲不掛的肉體，弧線畢露，想自己愛的是這副軀體，或是心靈。她從冰箱裡拿出一盒優格，回頭問你，要不要吃一些，開心點嘛。你接過她手上的優格，指尖感受到冰涼的膚觸，可心底是暖的，你知道自己起始愛的是她的身體，後來才是心靈。

但有了心靈，就有了負累，如衣敗絮，行荊棘中，步步牽掛。

妍妍看出你的心思，知道你動了情，捨不得她回國。而你心裡也清楚，賺到錢就回國，這是她們的常規操作。一般都稱這種情況叫做「暈船」，網路上大家對這種心態褒貶不一，有的人覺得出來玩，就應該切割乾淨，有些人則認為此亦不失為一種風流浪漫。常常在評價小姐的時候，內文的敘述偶爾會標明，懂情趣，有「女友 fu」，容易暈船，請各位自行斟酌。通常加入這幾句，一則看似平凡無奇的網頁，會忽然增加不少艷色，說到底，大家所追求的，就是一種「女友 fu」。

好像能暫時回到少男時，談一場刻骨的戀愛，幾乎是所有客戶的夢想。在這個行業裡，愛情也可以有鐘點，而沒有終點，加了錢投了幣，原先機臺裡失敗的玩家隨時可以復活過來，接關續關。但暈了船的人，投入的貨幣漸漸失效，遊戲會幻變出另一場不同畫面，新的隱藏關卡到來，難的是知道自己不可能跟這人永久在一起，卻又愛她。

妍妍知道你不捨，遂開始向你說起這行經營的風險。

個工這一行，由於少了集團的保護，很多事情都要靠自己。首先是給自己拍幾張系列美照，考驗著自拍的技術，臉也不能太明顯，不像集團有專業人士編修。再來是在不是很懂中文的情況下，要到歐洲論壇辦個帳號，註冊登記為發文者，一連串的複雜手續，通常可以找到同為個工的姊妹幫忙，但如果沒人願意幫，自己也只能用生疏的中文摸索，配合Google 翻譯揣摩幾成。再打上簡陋的文案，有時語句不通順，常常是請頭幾位較好的客人幫忙修改。一切都完成後，由於還沒有穩定客流，也缺乏顧客評價，就需要付費給論壇，讓官方把自己的訊息挪往前一些，並設定為熱門或現在有空的前段排序。

到這裡，只能算是踏出第一步。

因為個工的服務附帶按摩，相對服務的時間很長，需要跟客戶有比較長時間的交流。要半或全，都需要在這幾十分鐘內慢慢摸索好，有些客戶既想享受高品質的按摩，也想有高品質的性愛，但這往往難以兩全，客戶回了家，就莫名給予負分，她自己也不知道是做錯了什麼。有時是只付了半套的錢，卻想做全套的客人，以為只要多撫摸挑逗她，她就會自願幫他把戲做完，但其實重點是只有足額的金錢，才能召喚完整的服務。上述兩種類型，都會讓她非常惱火，客戶不喜歡小姐偷斤減兩，小姐也不愛客戶討價還價。

甚至有些是賒帳類型，享受服務後，少給了一些錢，妍妍也不能報警，也沒有圍事處理的人，可以幫她討回公道，申訴無門，只能從此設為拒絕往來戶。有些是錢也給足了，但在性愛方面非常粗暴，甚至不想戴套，或要求無套口爆的人更是常見，如果客戶帶病，那小姐更是得不償失。更別說是傳說中便衣警員享受服務後，再出示相關證件白嫖，觸目所及，皆為風險。

因此錢夠了，人走了，不要有牽掛，回到自己國家，沒人知道這一段，又是嶄新的人生。

其實她說的你都懂，但理智之外，還有情感放不下。

自從那天後，你明白自己暈了船，設想一寸寸拉開距離，是無痛斬斷的最好方式。男人總是下了床，穿上正裝，理智重新上線，一切日常如常，把慾望和情感收歸到暗無天日的角落，不得見光。因此你不再打開她的訊息，看有關她的文，不再把花費注資於此，決心冷落她，讓她好好的回去，開始新的人生。

「你怎麼不來了？」手機上跳出一行訊息，隨即縮於正上方。

你猶豫著要不要打開，給個回音，讓她的心好好的落地，回到自己家鄉前，了卻萬緣。

你找到一處安靜的所在，從沒那麼掙扎過的打開訊息，一一檢視妍妍這段時間發來的探問。一則則沒有間斷地每天問候你，也許暈船的不是只有自己，你想了很久，慎重而謹慎的，先在電腦上打好一長串的稿，從初始認識的心情，到中間雙方彼此認識，投入情感，為她寫下評論的一篇篇心情，最後知道她將離開的結局，都一一打入對話欄。寫完，你才發現自己傻，妍妍的中文不知道能不能讀懂，也許哪天，她拿給認識的人看，才會發現自己如此長篇大論。最後，還是將文字整段複製下來，打算丟入平常與她聊天的軟體中，那一步步都顯得慢，顯得有所期待，卻又不堪等待。

你走在臺北街頭，看燕子在公寓騎樓築巢，巢空燕去，只留下一座土製堡壘。燕子去了又會復返，可惜這裡不是牠最初的巢，牠終將離去，不返於此，不再留念，也許就是一種，好好送牠回家的方式。

〈新年快樂〉

新的年來了，人們在此時訂立目標，彷彿過往的、舊的生活隨時可以拋卻。如蛇蛻皮，表面紋路相同，實質卻已新生，一路逶迤走啊走的，時間也就這麼過去了。可實際上，人不如蛇，沒辦法輕易拋下過去，過往的斑斑點點還留在身上，等待著下一次被勾起的機會。那怎麼辦？幸好，我們還能遺忘，把消失在生活中的人逐漸淡掉，如浮水印般層層退離，最後，你的生命裡不再有她，而她也不會再回來了。

距離妍妍回國，已經過了一年。

你從沒想過，只是一場與風化產業有關的訪談，增進對這個行業的了解，一腳踏入，竟然陷入全身，深逾千丈。在這段時間裡，你依然收集著風化產業的相關資料，持續進行著探索與理解，對所謂的「暈船」，似乎也有了免疫力，得以更專業的探討這個行業的內部景況。直到一年後，手機忽然響起，畫面上彈跳出的電話號碼，是你之前熟記在心的妍妍。一瞬間，腦中轉過一百套劇本，她回臺灣了？怎麼回來的？會不會是詐騙電話？就這幾秒鐘，已是思來想去好幾回。

你接起手機。

話筒裡傳來熟悉的聲音，但中文是更溜了，語調更開朗些，就是她。

妍妍想約你出來見面，兩個人一起吃個飯，逛逛街，像以前一樣，不要有壓力。電話裡有好多話想說，卻無法一次道盡，疑問堆積成空白，漫成長長的思慮，要去還是不去，心跳升降了好幾回，你發出的聲音那麼不確定，但還是回答她：「好啊，要約哪裡見面？」只是聽著自己的聲音，顯得有些啞而低沉，而對方的回應正昂揚積極。

到了約定那日，她蹦蹦跳的向你走來，步伐看起來很輕。這一年，你過得更沉一些，而她似乎輕盈很多。你們隨意逛著臺北街頭，一面走，妍妍一面說起自己這次為什麼回臺灣。去年，她賺了錢回到越南，在當地做起小生意，租下一間店面，開了手搖茶飲店，把臺灣的飲料作法引入。她說，在臺灣時，她就很常觀察滿街的飲料行，那時就有了回去開店的想法。這次回來，已經不是為了工作，身分也不是專職的性工作者了，而是單純以來到這裡旅遊的心情，四處走走看看，過去那種烏雲壓在頭頂的感覺，也已經不復存在，對她來說，這正是新的人生。

「你當時好像很喜歡我！」妍妍說。

到了此刻，你心底一方面替她高興，另一方面，那淡淡的浮水印又逐漸明顯，最終佔據整個意識，上頭都是對人的留念。你只好把一路走來認識她的心情，逐項逐項的說，說那些論壇上的評論，那些回饋，其實都藏著你的一點點心思。把所有糾結都一項項攤開，讓時間曝曬，而時間最終會將水分晾乾，只餘充滿味道的回憶。話還沒有完全說盡，妍妍就牽起你的手，食指撓撓你的掌心，眼神看著遠處，說「你說的東西，我全部都知道。」就在那刻，懸在空中的情感，終於被穩妥妥的接住。

她說，現在的她，再也不需要那些評價，活在一個被人秤斤論兩的市場，是件很不痛快的事。但重點是，以前要的和現在不同了，現在，我們可以將這些糾結放下，交一個真正的朋友，從頭來過，一步步認識那樣，先有關係，才是肉體。

因此她逗趣的假裝自己第一次認識你，要雙方自我介紹，互相從第一步來。

彷彿以未來為起點，過去才是終點，時間是逆著走的。你與妍妍走在臺北街上，忽然有種奇異的感覺。四處逛了一整天，已將要入夜，她說想要休息，要你陪著回到飯店。這次，她邀請你一同進房，就像把那些循序漸進的認識，都濃縮在一天之內，那時你忽然理解，原來買春是一種以終為始的認識，是倒懸的迷宮，以為一開始就在終點，討了便宜，但為了獲得愛，還是得一步步越過那些曲折，走回最初之心。

進了房，妍妍開始親吻你，你們互相脫去對方的衣物。那夜，你確定她也享受著，有了情感的附加，網路上流傳的「女友 fu」，不過就是希望加入愛，讓性不只是性，那不是暈船，是另一種更為高級的交合。以肉體為筏，越過慾海，陽具為槳，划過陰部潤澤的水，走到這步，你理解所有尋歡的男人，心底都有一個渴望戀愛的男孩。也許是多年前國小的某個下午，隔壁女同學傳來的絲絲髮香，也許是情竇初開，牽起女孩手的心跳如雷，只是歲月在磨，現實曲折，讓人一步步活成了以錢交易的尋芳客。

結束後，你們雙雙裸身躺在床上，她看著天花板，眼神呆呆的，而你則注視著她，此刻你覺得，妍妍已經離你好遠，好遠了。男生其實很簡單，射出了，也就放下了，反倒是妍妍，你從側面看她，眼角流下一滴又一滴的眼淚。她流得出，但必然是放不下一些什麼，你揣測，也許是她的的過去，也許是對自己命運的無奈，或者是她的出身，還是眼前這份若隱若現的感情，或什麼都沒有，她只是想哭。

這時，她的家人正發來訊息，問她在臺灣玩得開心嗎？她趕忙轉換歡歡欣欣的語調，錄下你聽不懂的越南話回應。如此一來一往好幾回，結束對話後，她告訴你剛才的內容。她說每個人都叫她要開心，但是誰怎麼可能隨時都開心，開心是很不容易的事情，要很多努力才可以開心。你反問她，怎麼會呢？這應該要是隨手可得的東西，要常常放在心上的事物。她說，就像你和我，我們以後就結束了，這樣就不會開心。

你聽完沉默好久。

妍妍拿出手機，登入她久未上線的帳號，好友名單打開滿滿都是之前的客人，她翻過身問你，可不可以幫她打下「新年快樂。」然後一口氣傳給這份名單裡的所有人。你說可以，接過她遞來的手機，打下那四個字，傳給了名單裡的每個人，包括自己。

訊息已至，你看見自己放在床邊的手機忽然亮起。

她將手機拿回，隨即登出帳號。她說這是向那段生活的告別，新年快樂，祝福那些曾經來找過她的人，畢竟從今而後，他們再也找不到妍妍這個人了。你對她的記憶就停在那一晚，從此與她告別，以一個新年為終點。每每你走在臺北街上，經過記憶中的場景，你都會想起，那一年就是妍妍的新生之年，所以必然要快樂。

輯五、豆干厝：糖醃的豆干

〈春捲的臉書〉

豆干厝，外型長長方方，且多是一樓平房搭建而成，多以鐵皮與水泥壁為主要建材，內部以輕隔板隔間，長方而正，所以大家取其外型稱為豆干厝。大部分以聚落的形式呈現，價錢便宜，時間快速，適合吃快餐，解解火，沒有太多的情趣醞釀。每家的經營者和小姐雖然不互通，但看到警察來稽查時通常會相互通報，也算是一種守望相助。早期臺北的豆干厝，集中於三重一帶，人們暱稱此處為「蟲區」，取重字之音，由一間間小屋組成區塊，中間穿插出錯綜複雜的暗路，往往讓尋芳客有一種尋寶的感覺。曲徑通幽，幽中有美人，總使途經此處的旅人迷途忘返。

後來三重豆干厝名氣漸大，也被政府盯上，以拆除違建與經營非法場所為由，逐漸取締、拆除、斷水斷電，一步步淡出人們的視野。在還沒完全消失以前，你所探訪的地點也曾踏足於此，抓住春天的尾巴。從暗巷裡轉入，每間豆干厝的門口都有人看顧，有些會在門邊放一張椅子，就坐在那裡招攬客人，順便堤防臨檢。有些則比較低調，房屋靠外側處，會搭建一個凸出類似警衛亭的小空間，守望人就坐在裡面，窗邊用螺絲鎖上一面鏡子，則可更巧妙的擴張視野，不用將頭探出來。

很多人認為這是藏汙納垢之地，但這個地區，夜裡自有它的繁華與規矩。

那天晚上，到現場的時候已經很晚，約略已是捷運停駛的時間。你左右穿行，四處物色店家，想盡可能找到室內乾淨、小姐較多、規模稍大的。當你逛到一間，屋子的左側有一小塊可以停車的空地，屋子的規模長寬，看起來也較其它間大。時間也晚了，就只好鼓起勇氣走進去。

想不到與你預測的相反，小姐大多已經下班，無法體驗到萬眾選妃的快感。

「歹勢啦，今日較晚，小姐攏已經回去休息了。」室內固守的雞頭說。

見你要離開，雞頭又接著說：「但是，還有一個紅牌，還可以做最後一個！」

雞頭向內大喊「春捲啊，拜託一下啦，做最後一個啦。」堆滿笑容推著你進去：「來來來，裡面看啦！這個讚的啦！」打開門，你看見一名穿著ＯＬ套裝的女子，身高不高，棕色長髮，身材纖瘦，但胸部目測應該有Ｃ，整套裝扮正把她的肉體繃得有緻。唯一可惜的是，春捲滿臉疲態，表情充滿不悅。

「這個可以。」你回應雞頭後，門就關上了，春捲見雞頭已經離開，就向你說：「快一點，我趕時間，想休息了。」說完，春捲開始脫下衣物，並再三示意你趕快。豆干厝一般沒有淋浴設備，旁邊有一些添加酒精的溼紙巾，只草草在做愛前先將重點部位擦拭乾淨。你看見春捲的臀部上方，刺上了一對天使翅膀，部由得思考為何刺在那裡，「看什麼？快點上。」她立刻正面向你，躺好並微開雙腿在床上，要你快快插入。

也許是因為你動得太慢，惹得春捲不耐煩，才沒多久，春捲向你說：「換姿勢，我上來。」這次換你躺平，她坐上你的下身，腰腹快速扭動著，似要快速將男人榨出汁液，過程中你仍能感覺到，由她陰戶分泌出的水，正逐漸滲漏到你陰莖的根部。你正要伸手撫摸她的雙乳，她一把就將你雙手移開，說：「不要碰。」脹滿淫慾的身體差些就煙消火滅。接著沒多久，你雖然射精，但總覺得沒有充分感受到性愛的愉悅。

她隨意抽了兩張濕紙巾給你，要你自己擦拭，隨後就開始穿起衣服來了。

你心中有些不滿，但等你擦拭好開始穿衣，春捲早已穿好，拿起手機發訊息準備叫人來載她。你放慢著穿衣的速度，偷偷看著她的手機螢幕，記下了她的 Messenger 暱稱，也看見對方稱呼她的暱稱和回應。你回家後，很快就搜索到春捲的臉書。

她不叫春捲，她叫 Lucia。

打開 Lucia 的臉書，內容大多沒有鎖定好友才能看，裡頭好幾個相簿，充滿日常生活的痕跡。Lucia 標列自己的居住地在臺中，這很正常，大部分的小姐都不會在本地家鄉從事性工作，通常會至少跨一個縣市以上，以降低遇到熟人的機率，而她標出定居臺中的舉動，也是一般性工作者的常規操作。相簿裡，大部分的內容不外跟朋友吃喝，或自己出去遊玩，或與家人阿嬤團聚的照片，而照片裡的回應，也如你我一般自然。

Lucia 有好友、家人，有屬於自己的日常，從臉書上來看，一切都是陽光而健康的。

最引起你興趣的，是一組關於爬山的照片。裡面是 Lucia 穿著一身運動勁裝，頭戴帽子，面容淡妝或可能素顏，腰間掛著水瓶，一路在山林間行走的照片。從拍照角度來看，皆由她自己手持鏡頭拍攝，身旁沒有朋友陪著，就只是走，而每走一段，就會在某些定點拍下照片，照片底下會配上一句勵志語。例如：「不要為了迎合別人而勉強自己去做不喜歡的事情，因為這樣的你，不是真正地快樂。」、「別放棄——讓你衰老的不是年齡，是對理想的放棄」、「你最願意做的那件事，就是你真正的天賦所在」這些話多半從網路上看來，就直接貼在照片描述裡。

就好像在鼓勵自己，想要為生活再堅持下去，像每個人在低潮時，總喜歡看些心靈雞湯打自己打氣。初看時，幾乎很難想像，這就是剛才與你雲雨之人。你猜想，總是有了日常，有了一些理解，找到人與人之間萬年不易的共通點，人才會發現你我原是同類，而不是一個異於我之外的什麼。

再翻檢下去，回到她的日常文字動態裡，依時間軸細細來看，你看見她放上一些幼兒時期的照片，依偎在母親懷裡，而她父親亦在一旁溫柔地看著她。接著一個項目是求學時，全家人一起出遊，她打扮得如小公主一般，雙眼發著光芒，在類似水族館的地方看魚，悠然中有一種靜。後來的相簿，記錄著她漸漸長大，沒特別說什麼，但她的雙親卻從後續的影像中消失了，從此只剩阿嬤。最後剩她自己，幾個動態說自己生了病，有時住院，有時貌似是感冒，但都是自己打氣說要堅強，底下幾個好友回應，說：「有困難都可以幫」，亦不脱客套之詞，畢竟你所見，都只有她自己了。

她替男人消除孤獨，但她自己的孤獨呢？

她的志願是成為一名富婆，讓自己不再為金錢苦惱，愛情就暫放一邊，不需要男人，她見過太多男人，都站在不能被信任的那邊。Lucia 是服務業，她也是個有日常生活，非常立體的人。只是，在以性為勞動的面罩下，時常被蒙上一層神祕感看待，彷彿她就存在於性中，她的生活只是服務，只是性。但其實我們之間，並沒有多大的分別。

過了段日子，你又回到三重那家豆干厝。雞頭似乎已不認得你，滿懷笑容對你說：「來，妹妹一字排開，你選。」你看到 Lucia 站列其中，第一時間就選了她，「人客你眼光不錯喔，這我們的紅牌啦。」雞頭說。但只有你知道，你選她不是因為紅牌。

進到房間，她緩慢脫下衣物，一改上次趕時間的態度。Lucia 露出臀部一對天使翅膀，你也脫光全身，緩慢的對她愛撫，彷彿認得她生命中的一個部分，對她有所認識。最後她趴著背向你，你對著那雙翅膀衝刺，血液的磅礡參雜著怪異的情感，彷彿你認得她，她不認得你。最後你理解，她是男人的天使，以下體為翼，陽具如鑰抽動開啟，讓慾望送進自己體內，交換聖潔的夢想。但天使自己本身，卻仍是孤獨的存在。

那晚你走出豆干厝，那一整排的長方平屋，其實藏著一格格夢想。一如商家出租格子寄賣貨品。只是光照不到，在深深的夜裡，只有醒著的人才能看見。

〈花嫁了那女孩〉

不同的豆干厝裡頭有不同的小姐，三重的豆干厝之間並不互通。一般來說，小姐因各種私人的原因，如借貸、欠款、被無良男友逼來、打零工外快等。來到這裡與店家簽訂協議，每日做滿八小時，不保底薪，客人接一個算一個，因價格低廉，一次一千五百元，店家可得八百，小姐可得七百元，近乎對半的公平。圖的是人潮流量大，翻桌率高，薄利也可以多銷，保險套、潤滑液房間等硬體裝備，皆由店家負責，再加上有人看管，省去被警察查抄或客人白嫖的風險，不需要多餘的成本，肉體就是成本。

時間短而快速，是「吃快餐」的好去處。

每間店的模式都相同，你來到另一家店，與雞頭打過招呼後，貌似熟路的進入選妃階段。女子們一列排開，雞頭一一點名，有些會似笑非笑的向客人微笑點頭，望能將業績做滿。你選中一名女子，年紀稍長，看起來已有三十五左右，但姿色尚可，沒有太多的脂粉氣，平平淡淡。

通常在豆干厝，淡妝溫順的風格樣貌自有其市場。進了房間，對方脫下衣物，一身包裹著肉體的鮮豔刺青隨即露出，無一遺漏的覆蓋著脖子以下的上身軀體。如一件衣物，緊密貼服在女子身上，一對乳房也被繡滿圖樣，完美拼接成一幅圖。見你視線與動作都緩慢停頓，女子說：「怎麼樣？美吧？」大概是見慣了為此感到訝異的人。

鮮艷的花色圖案，綜合白骨纏繞，包覆著整個上身軀體，與脖子以上的淡色妝容形成反差。但豆干厝時間不多，沒來得及多問，很快就進入辦事階段，只能在完事後閒聊幾句。室內隔音也差，很常可以聽見以輕隔板建起的左右鄰間，交談和做愛的呻吟聲，雞頭也往往以此掌握著小姐與客人們的互動，可以說是極度缺乏隱私。因此只能以片言隻語的交談，一步步拼湊女子的故事。

她叫小花，之後去的幾次你都刻意點她。每回總要聊上幾句，從上次的話題逐步推進，多次前往之後，確認她已更認得你，才漸漸熟悉起來。她告訴你，如果想再多當面聊聊天，其實可以白天來，老闆比較不管，人少一些，大多白天時候都是空房，對於消費時間，只要小姐不在意，老闆也樂得寬鬆。

後來，你白天去找小花，好奇問她這一身刺青何來？

她就從求學時開始講起，當年家境不好，成績也不是很理想，雖然金錢不充裕，但最後還是進了私立的職校的餐飲科就讀，在那裡的學習意願也沒有很高。畢竟有幾個高中年紀的孩子會想，大多是除了實作課之外，理論或國英數課程，都在休眠中度過。主要的生活都在放學後，那時候，會有外校的男生，帥氣的騎著機車在校門口等她。在那個大部分同學還在搭校車、自行上下學、家長接送的年代，有個年齡相近的人噗噗噗發著引擎，著一身勁裝，帥氣的等她跳上檔車後座，心中自然升起一股虛榮感。

那人就是她後來的丈夫。

兩人高職時就開始交往，到畢業後，也不再考慮升學，男方對刺青藝術有興趣，曾經去學過一陣，家裡有點錢，遂以家裡的閒置空間為店面，整修成一間刺青小店。女方則先從手搖飲店，開始做起正職員工，希望有天存夠錢，把技術及流程都學會了，就能夠在刺青店前擺上一家手搖店。

在婚前，小花讓男方練習刺青，男生確實刺得美，在這方面也有極高的天賦，男生總說：「我會把最好的刺在你身上。」就這樣一塊一塊，說是練習，不如說是印記，愛的記號布滿全身，如拼圖，斷點處總能銜接得上下一片圖案，最後覆滿通體。婚後，她為男方生了兩個兒子，手搖飲店的夢想只能暫擱，留在家中帶小孩，只靠丈夫刺青店的收入支撐。

後來，也許是在家照顧孩子的她疏於打扮，還是刺青師終於完成她身上的所有圖案，或者根本只是不愛了。刺青師愛上了一位客人，並發展出情愫，最終是出軌了。被小花發現後，她曾想過給男方一個機會，至少兩個兒子在，顧念情分應該能回心轉意。但沒想到，人往往比想像中更現實，男方對這兩個兒子沒有特別的情感，在幾次相談中，刺青師說自己從婚後就漸漸感到痛苦，對世俗的「定下來」這件事情，越發排斥，他恐懼且憎恨這樣的生活，總覺得自己還年輕，還沒把這個世界看盡，就走進婚姻裡了。

聽起來，婚姻像是一個更次要的選項，但他已選了。

因此，不存在原諒、復合的傳統選項，而是走往分居、離婚去。兒子則一個交給婆家撫養，一個由小花帶回娘家，厚著臉，讓雙親照看。刺青師在她身上留下圖案，留下美，但能留下美的人，本質往往是流浪，離她而去了。

在你聽來，都是離別的故事，只是外相不同。

小花後來輾轉做過髮型師、工廠員工，但錢和時間真的不夠用，於是她選擇進入豆干厝。對她來說同樣是服務，同樣聽命於上司，並且討客戶開心，只是所用工具不同，本質無異。

當時對於性產業專區是否合法，仍是一個充滿爭議的熱門話題。「我應該有資格說一些話。」小花說。她認為政府曾經承諾要合法，但即使未來合法了，也不會有人敢真正設立專區管理，畢竟我們的民族，對這方面依然是諱莫如深。即使能在檯面上作為政策探討，真正付諸實踐，進而保護工作者和消費者的配套制度，仍不可能出現，「我們太依賴某些人物，卻不知道人會變，承諾過的事情也可以回頭不認。」、「應該是要建立一套制度，長長久久的保護我們，有不足的話，後面的人也可以改，不要把希望都押在人身上，要押在制度上面。」聽起來，小花不願相信人，她情願相信最終有一套制度，可以慢慢發展，可以從第一步走到最後一步。

那些體悟不來自書本，來自她的歷練。

她接著說：「老闆、客人、我，我們都不是什麼壞人，沒有去做一些傷害別人的事情，其實就是各取所需，就只是交換而已。如果世界上有那麼多的東西，可以被物化，可以被交易，那為什麼我們這行不能堂堂正正的換？」經過好幾次的對談，你曾問她：「有想過要去除身上的刺青嗎？」她表示不要，即使雷射之後也會有淡淡的痕跡，那樣反而更奇怪。

那時她說完後停了一下，告訴你：「不覺得這很像設立專區的事情嗎？」

「怎麼說？」

「就算設立專區，建立制度管理，只要大家還有歧視，就會像我去做雷射一樣，想把刺青消掉，但是還是會留下一層淡淡的痕跡，看起來反而更奇怪。」確實，你走出豆干厝，將這些話想了好幾遍，只要還有晦暗的地方，這個產業依然會像做了雷射的肌膚一樣，附著在身，更像是糾纏不清的幽靈，而這個幽靈，不只附在小花的身上，更是纏著這個國家，這個文化。

〈說英文的老師〉

曾經有陣子，臺灣出現了一個新名詞，描述一種舊現象，叫「流浪教師」，意指在大學已修完教育學程，並且曾進入校園實習，取得教師證書，卻遲遲沒有找到學校聘任的老師，流轉於代課或代理之間，媒體給了這個族群一個詞彙，就是流浪教師。那段時間，教育業似乎是一個已經高度飽和的產業，市場的胃納量還沒有辦法吸收多出來的人力，於是在取得正式聘任前，老師們得再想出其他維持生計的辦法。

只是，沒有想到，豆干厝中也有流浪教師。

豆干厝廣收千納，外型小小一方，卻包容著各國各方各職業，你不走進方格裡問問看，就不會知道格中有著各自的宇宙。一旦進入豆干厝工作，無論你之前是什麼職業、何種階級、抱有什麼能力都已不重要。重要的是能取悅客人，為這一間豆干厝增添穩定金流，因此在這裡只有外表是重要的，卻不是太重要。

為了應對廣大客源的不同愛好，一間好的豆干厝，最上等的當然是身材火辣，外表驚豔的正妹。但現實不可能如此，所以需要各年齡層的工作者參與，一般來說 45 以下為標準，初入行時，雞頭會先打量工作者的基本質素，如果本身已經很會打扮，那倒不用多花心思，如果妝容和穿搭太過樸素，雞頭會先要求工作者進行裝扮，並由其他小姐傳授，所謂好的商品，還需要優秀的包裝，才能銷得出去。

解決打扮問題後，會有一老娼進行基礎教育，將入房後的活動統整成一套標準SOP，以維持豆干厝的服務均值。例如，如何將保險套放入嘴裡，一邊口交，一邊緩緩套上套子。或是先舔對方三點，搭配輕功與磨蹭挑起情慾，再木訥的工作者，經過理論與實作，都能具備性愛上的基本功力。豆干厝就像雨，並不考慮落在哪塊土壤、草葉上，只知道下起雨，一切萬物均霑。

這一切都是那個老師告訴你的，她叫作糖糖。

第一次接觸時，糖糖就說自己是名英文老師，只是迫於形勢，暫時來這裡兼職。一開始就特意強調身分，讓人有一種不自然的感覺，或許是為了喚起顧客的職業想像，卻反而將兩人間的氛圍變得生澀。

「你看起來很年輕。」糖糖說。

應該還是學生吧，問了你的學歷和學校，她有一種找到同道中人的感覺。眼神裡有一些光，她開心地開始說起英文，一串又一串，語速很快，你甚至無法辨認其中的關鍵詞，去推敲她的句子意義。「很厲害，但是我英文不好聽不懂。」你趕緊說。糖糖隨即將語速放慢重說一次，又被你打住，不是語速的問題，是英文真的不好。

她這才意會過來，知道自己有點太過，也許已經很久沒有人聽她說過英文，所以一之間有點興奮，你這麼想。糖糖似乎發現自己的突兀，才說：「你快躺下，時間不多。」你的視線隨著躺平，轉移到豆干厝中左右兩排的擺設，每間房間都是小姐專屬的，由個人專責打理，可以在某種程度上放一些自己的東西。你看見房內書櫃，裡面擺著《教育學原理》、《國中英文教師備課用書》等，才慢慢相信，她真的是因為要考教師甄試，才過來度時機的。

結束後，你問她為何要在這裡放這些書？

糖糖說：「當然是要利用時間精進自己，不想一直待在這裡。」豆干厝一場接一場之間是有空檔的，通常做完一個客人，時間還未用盡，在送走顧客後，就有一些屬於自己的時間可以運用，但也剩不到幾分鐘。等時間終了，工作者就必須打理好自己，補完妝，拉整衣服，再回到選妃大廳坐等。只要一直沒人點，也就還有自己的時間，但畢竟其他小姐也在，若看到她在準備英文，就很難不閒聊起來，多少會影響心情和讀書效率。

她來到這裡，為的是不想放棄當老師的理想，加上家中的經濟也需要龐大開銷，為了可以兩全，只好從事速度快的賺錢方式。至此你才理解，豆干厝的工作者們，真的是混雜來自四面八方，總會有你意想不到的人、職業出現其中，雖然本質都離不開對金錢的需求，但聽到成為老師這個職業的工作者，心中不免倍感淒然。

之後再找糖糖，問她為何不做專接外國客的外送茶，這樣一來可以可以避開熟人，二來可以口說，也會有自己的優勢。糖糖表示這個方式她也想過，但外國客對顏值和身材的需求特別嚴格，會不會說英文反而不是重點，而外國客不易掌握，有時風險更高，即使有馬伕接應，也很難保障對方不會施以暴力，或是白嫖走人。如果要確保安全性，就需要接到高階客戶，而自己可能也沒有那麼貌美，可以應接這個等級的客人。

比較特別的是，糖糖每次開心的時候，她總會說：「讓我教你體位和方法。」那幾個瞬間，她的確是另一種老師。

好幾夜，走出豆干厝，雞頭歡聲笑語的送走你，聽完糖糖的故事，之後穿行在那些錯綜的小巷中，忽然湧生出一種無奈感。生在這個世界上，誰不是一定程度上的流浪者，誰又能真正作為誰的老師？即使局勢讓糖糖來到豆干厝裡，她仍保有自己的理想和目標，她還沒有放棄。

後來，三重豆干厝現已完全拆除，喧騰熱鬧一時的夜景也就此消失，轉移至其他的地區。但其實除了臺北三重，臺灣還有很多類似的豆干厝，等待著男人上門消費。歷史的外相雖然變了，但只要人的需求還在，這些產業就不會消失，最多只是換種方式經營，而剝屑和缺乏制度保障的故事，仍會一再上演，直到有一天我們願意將慾望攤在陽光下討論，人性的一絲光明，才可能照進這些角落。

View 122

風化台北：性產業的第二人稱敘事

作　者—梁評貴
主　編—李國祥
企　畫—林欣梅
編輯總監—蘇清霖
董事長—趙政岷
出版者—時報文化出版企業股份有限公司
108019臺北市和平西路三段二四〇號三樓
發行專線—（〇二）二三〇六—六八四二
讀者服務專線—〇八〇〇—二三一—七〇五
（〇二）二三〇四—七一〇三
讀者服務傳真—（〇二）二三〇四—六八五八
郵撥—一九三四四七二四時報文化出版公司
信箱—一〇八九九臺北華江橋郵局第九九信箱
時報悅讀網—http://www.readingtimes.com.tw
電子郵箱—genre@readingtimes.com.tw
法律顧問—理律法律事務所　陳長文律師、李念祖律師
印　刷—紘億印刷有限公司
初版一刷—二〇二二年十月二十一日
定價—新臺幣三〇〇元

時報文化出版公司成立於一九七五年，
並於一九九九年股票上櫃公開發行，於二〇〇八年脫離中時集團非屬旺中，
以「尊重智慧與創意的文化事業」為信念。

贊助單位　財團法人國家文化藝術基金會 National Culture and Arts Foundation NCAF

風化台北 / 梁評貴著. -- 初版. -- 臺北市：時報文化出版企業股份有限公司, 2022.10

面；　公分. -- (View；122)

ISBN 978-626-353-047-8(平裝)

863.55　　111016149

ISBN 978-626-353-047-8
Printed in Taiwan